KB220652

재

g r a y

재

g r a y

신 용 목

소   설

ㄴㄴ〉〈ㄷㄴ

차례

●

　어느 날 깨어났을 때 한쪽 눈이 보이지 않았다. 누가 눈 속에 검정 잉크를 쏟아부은 것 같았다. 눈알을 굴릴 때마다 검은 파도가 회오리쳤다. 물속의 눈보라 같았다. 세상은 현기증이었다. 유리체에 피가 고였기 때문이라고 했다. 이유는 알 수 없었다. 눈 속으로 웃자란 혈관 하나가 터져버린 거라고. 마치 잘못 든 생각이 머릿속에서 폭발하듯이.

　이상하게 들리겠지만, 날마다 나로부터 떨어져나가는 나를 느낀다. 아침마다 꿈으로부터 나를 흔들어 깨우는 내가 꿈속의 나를 아득히 어둠 속으로 밀어버리는 것이다. 깨어나 앉으면 쏟아진 물자국처럼 잡을 수 없는 꿈들. 조금 전까지 나였던 내가 망각의 저편으로 떨어지며 내질렀던 비명이 내 몸 어딘가에 갇혀 있는 것 같았다.

꼼짝없이 눈을 감고 열흘을 보냈다. 검은 꿈을 꾸었다. 그림자들의 꿈. 내가 밀어버린 사람들이 검은 눈보라가 되어 하나하나 눈사람의 얼굴로 허공을 메우고 있었다. 내 몸 어딘가 통증으로 남은 사람들, 아니 통증을 통해서만 볼 수 있는 사람들.

나는 지금껏 그들과 함께 살아왔다. 내 몸이라는 세계 속에 사는 사람들, 그 이야기를 하려고 한다. 그 이야기는 허구지만 분명히 내 마음의 일들이며, 그들은 가짜지만 더불어 또다른 나일 것이다. 나를 여러 명으로 쪼개며 내 몸속에 통증으로 사는 사람들 말이다.

●

아주 느린 발성법을 가졌지만 모든 사물은 말을 하고 있다. 사물에 달라붙어 있던 말들이 그 사물로부터 떨어져나와 누군가에게 닿기 위해 안간힘을 쓰느라 모퉁이가 벌어지고 표면이 해진다. 갈라진 페인트 자국이나 벌어진 벽지는 그들의 말이 새어나오는 입술 같은 것이다. 갈라지도록 해지도록 누군가를 부르고 무언가를 말하는 입술. 물론 우리는 그 말을 다 알아들을 수 없다. 그 입술은 아주 천천히 열려서 초성의 자음 하나를 발음하는 데 몇 년이 걸리고, 거기 중성의 모음을 덧대는 데 다시 그만큼이 걸려서 우리에게 그들의 말은 마치 비행운이 긋고 간 저녁처럼 고요 속에 묻혀 있을 뿐이다.

간혹, 떨어지다 어느 지점에서 몸을 뒤집는 낙엽을 통해서 혹은 머리맡까지 번져온 석양의 붉은빛에 기대서 그 목소리를 가늠하곤 하지만 그런 건 이미 그 순간의 슬픔으로 바뀌어버린 후.

그러나 우리가 사물의 말을 아예 모른다고 할 수는 없다. 집을 구하기 위해 들어섰던 빈집에서 미묘하게 벽과 벽을 울리며 웅웅거리는 소리를 들었다면 그들이 힘겹게 뱉어내는 자음이나 모음의 어느 한 지점, 그러니까 그들이 꺼낸 말의 한 음소가 그 집의 빈 공간에 떠 있기 때문이다. 소리를 비추는 조영술이 있어서 조영제를 허공에 주사한다면 거미줄처럼 치렁치렁 늘어진 음의 모습을 볼 수도 있을 것이다.

우리는 우리가 알 수 없는 아주 긴 이야기 속에서 태어난 것이며, 일생을 그 이야기의 거미줄에 걸려 파닥이고 있는 것이다.

지구상 어딘가 인간을 가능하게 만드는 것이 사랑이라고 믿는 이들이 있다면, 사랑이 자신의 이야기를 전하기 위해 세상에 열어놓은 입술이 인간이라고 여기겠지. 그들에게 인생은 사랑이라는 두 글자를 완성하는 일일 것이다. 오래된 아파트를 보며 그런 생각을 했다. 밤이면 하나씩 불을 밝혔다가 다시 꺼지는 창문들을 보며, 인간의 하루하루가 한 인간으로는 닿을 수 없는, 그러나 우리를 인간이게 하는 무언가를 말하기 위한 모스부호일지도 모른다고. 그 속에서 영위되는 인간의 삶은 사랑을 인간 저편까지 옮겨놓기 위해 쓰여지는 몸의 문장일지도 모른다고.

매일 잠에서 깨어나는 일이 하나의 문장을 시작하는 일이라면, 우리의 슬픔은 하나의 단어가 되기 위해 꺾이고 휘어진 시간의 모서리 때문일 것이다. 그 문장 속에는 오탈자처럼 엇나간 글자도 있을 것이고, 쓰다가 직직 그어버린 문장도 있을 것이며, 지우개를 빌려 처음의 흔적까지 모조리 없애버린 행간도 있을 것이다. 어느 자리에선 너무 문질러서 세계의 바닥이 찢겨버린 일도 있겠지.

우리는 기적이 전능한 외부에서 도래한다고 믿는다. 그러나 사랑은 기적이 오로지 한 인간의 삶을 통해 행해진다고 말한다. 그러니 사랑한다는 것은 누군가를 만나는 일이 아니라 한 사람의 시간 동안 천천히 일어난 기적을 만지는 것이다. 눈으로 볼 수도 만질 수도 없는 시간의 형체가 바로 내 앞에 있는 한 명의 사람이라는 것을 알게 되는 것이다.

마음의 미래

●

　수와 헤어지고 나는 이사를 했다. 두 달 동안 수와 살던 집에서 혼자 살았다. 그 시간은 어떤 마음도 텅 비게 만들어버릴 것 같았다.

　몸을 옮기는 일과 마음을 옮기는 일에 대해 생각해보지는 않았다. 내가 생각에 재능이 없다는 것을 최근에 깨달았다. 생각 좀 하고 살라는 농담이 달갑지 않았다. 생각이 온전히 밤을 다 적셔서 거기 내 몸이 종이처럼 달라붙었을 때 나는 며칠 동안 누워만 있었다. 밤과 낮이 다르지 않았고 생각과 꿈이 구분되지 않았다.

　다행히 커지는 마음을 견디기 위해 더 큰 몸이 필요하지는 않았다. 마음이 커지는 만큼 커지는 몸을 가졌다면 누군가는 집을 무너뜨리고 말았을 것이다. 날마다 이사를 하고 밤마다 새집을 지어야 했을 것이다.

몸은 그대로인데 버려진 여름 정원처럼 마음이 무성해져서 엉뚱하게 집을 옮기는 일의 인과성을 빅데이터는 풀지 못한다. 빅데이터는 그런 사례들을 수집해 '현상'이라는 이름을 붙여주는 것으로 세계를 단정한다. 인간의 모든 것은 0과 1의 무한 반복으로 수치화된다. 그것을 받아들이지 않으면 뒤처진 사람이다. 왜 그렇냐고, 이유를 묻는 자는 진상이 된다.

나는 자의 반 타의 반으로 회사를 나왔다. 입사했을 때 지도 애플리케이션을 만들던 회사는 나중엔 검색 위치에 따라 음식점이나 카페를 노출시키는 일을 하다가, 최근엔 각종 상호들의 별점 관리를 넘어 사용자 취향에 맞춘 동선 안내 시스템을 구축하고 있다.

곧 애플리케이션이 내가 하고 싶은 일까지 미리 결정해줄 것이다. 어제 김치찌개를 먹은 사람이 오늘 된장찌개를 먹고 싶어할지 파스타를 먹고 싶어할지는, 그 사람뿐 아니라 그동안 많은 사람이 선택한 결과를 기반으로 예측된다. 예측 불가능한 사례는 그것이 수치상 우위를 점하기 전까지는 예외로 취급될 뿐이다.

어느 날 나는 어쩌다 발생하는 그 예외가 한 사람의 인생에 훨씬 더 절대적인 전환의 계기를 만든다는 사실에 매료되었다. 빅데이터는 인생이 마땅히 가져야 할 전환의 계기를 빼앗아간다. 우리는 살았던 대로 살 것이고, 정해진 것을 결정할 것이다.

물론 내게 찾아온 저 예외적인 매혹이 내 인생의 전환점도 만들어주었다. 나는 온종일 집에 머무는 사람이 되었고, 지금은 아무것도 결정된 것이 없다. 다시 이사를 해야 한다는 것만 빼고.

●

공룡은 몸집이 커져서 멸망했을 것이다. 인간은 마음이 커져서 멸망할 것이다. 이 말은 소행성 충돌이 공룡이 멸망한 직접적인 원인이겠지만 그 멸망의 조건이 이미 공룡의 본질 속에 있었다는 말과 같고 또 다르다.

인간은 만족을 모르는 이성으로 인한 극한의 문명 때문에 멸망할 거라고들 하지만 그 이기가 아무리 비대해진다 해도 어느 한순간 자신의 삶 한복판에 지옥을 건설하는 그 마음의 크기에 비할 바는 못 된다.

적어도 마음이 세우는 사랑의 제국과 그 끝에 그어진 죽음의 지평이, 총칼로 국경을 긋고 힘센 자들이 소수의 이득을 위해 숱한 사람을 죽음으로 내몰거나 가난과 역경 속에 빠뜨리는 이 유치한 세계보다 더 본질적일 테니까.

그러니 인류가 멸망한 아주 먼 훗날 새로운 지적 생명체가 나타나 지구를 점령한 뒤 저 공룡의 뼈를 모신 건축물 옆에 인간을 기념하는 박물관을 지었을 때 거기 전시되는 것은 핵폭탄이 아니라 인간의 마음일 것이다. 사랑과 분노와 슬픔으로 가득한 그 마음 말이다. 하긴 인류에게 전해진 신화의 역사가 그렇듯 그때 전시되는 마음 역시 음모와 음해뿐인 정치적 욕망이 대부분일지도 모르지. 인간의 삶을 착취와 억압을 일삼는 권력의 전쟁터로 만들어버린 그 욕망 말이다.

하지만 나는 믿는다. 그들 중 어느 외로운 과학자가 딱딱한 지층에 눌어붙은 콘돔 속에서 기어이 사랑을 발굴하고는 그 슬픈 기원으로부터 마음을 찾아낼 것이라고. 그리고 그 마음이 저 작은 몸속에 세웠던 어마어마한 크기의 천국과 지옥을 증명할 것이라고.

그리고 깨닫게 될 것이다. 이들의 세계는 인류라고 통칭되거나 국가 또는 종족이라는 집단으로 이루어진 게 아니라, 그저 한 사람한 사람이 스스로 왕이자 백성으로 살았던 마음의 제국이었으며 그들의 사랑이 하나하나 그 세계의 문명이었음을.

그래서 이렇게 쓸 것이다. 무엇보다도 그들은 사랑하는 존재였고 그 사랑 때문에 그들의 문명은 넉넉히 온전하였으며, 결국 그들이 만든 세계의 멸망은 그들 각자의 죽음뿐이었다고.

그때, 마음은 한 번도 전시되지 않은 방식으로 환한 조명 아래 내걸려 그들에게 낯선 체험을 선사하겠지. 지금의 우리로서는 도무지 알 수 없는 바로 그 방법으로 말이다.

만약 우리가 마음을 전시하는 그 방법을 알았다면, 우리는 조금 덜 슬펐을까. 공룡이 제 흰 뼈를 환한 태양 아래 꺼내 그 텅 빈 허무를 지켜봤다면, 소행성이 충돌하기 전 땅을 파고들어가 우는 법을 배웠을까.

───────────

이유의 주인들

●

우리는 이유 없이 일어나는 일들을 견디지 못한다. 어떤 일을 하는 데도 아무 일도 하지 않는 데도 이유가 필요하다. 그러나 우리는 이유의 거처를 알지 못한다. 어떤 일의 기원은 늘 자신의 육체를 현재의 결과 속에 꽁꽁 숨겨놓는다. 들키지 않는다. 이유와의 숨바꼭질에서 우리는 영원한 술래일 뿐이다.

나는 점심을 거르겠다고 팀장에게 말했고 채 1분도 지나지 않아 마스터에게 오랜만에 아침을 먹었더니 속이 더부룩하다고, 똑같은 이유를 대야 했다. 마스터는 직원들과 함께 사무실을 나서며 왜 안 먹던 아침을 먹어서 탈이 나, 흘리듯 말했다.

사실대로 '그냥' 먹고 싶지 않다고 말했다면 누군가는 오전 미팅에서 오갔던 말들을 떠올려볼 것이고 누군가는 내 표정을 추적해 사생활에 관한 추측을 늘어놓을 것이며 또 누군가는 자신이 나에게 잘못한 일이 있는지 더듬어보기도 할 것이다.

물론 나의 예외적인 행동은 그들의 식사 행위에 어떤 영향도 미치지 못하겠지만 그들은 기어이 예외적인 것의 이유를 찾는 것으로 빅데이터의 합당함을 다시 한번 확인하려는 노력을 멈추지 않을 것이다.

하긴 사과가 떨어지는 이유를 궁금해하지 않았다면, 끓는 주전자 뚜껑이 덜컹거리는 이유를 따져보지 않았다면, 달리던 마차가 갑자기 멈출 때 몸이 앞으로 쏠리는 이유를 연구하지 않았다면, 우리 삶은 달랐을 것이다.

그러나 우리 삶을 여기까지 가져왔던 최초의 이유들은 이제 그 놀라움의 순간들을 잃어버렸다. 사과의 낙하가 사물이 허공에 실크처럼 부드럽게 펼쳐놓은 질량의 주름 속으로 빨려드는 것이라는 사실이, 뭐든 높은 곳에서 낮은 곳으로 떨어지는 법이라 여기면서 간단히 받아들이고 마는 것과 그다지 다르지 않게 인식되는 것이다.

그뒤에 뭐가 있든 내가 본 것이 내가 아는 세계의 전부이다. 나에게 세상은 그렇게 간단해졌고 세상을 이루는 복잡한 이유들은 내 경험의 빅데이터 속에서 이제 빛이 바랜 것이다. 특별했던 사랑이 처음의 호기심을 잃고 이내 별반 다르지 않은 일상으로 수렴되고 마는 일들이 반복된 결과가 지금의 나일지도 모른다.

●

그 때문일까. 나는 간혹 내가 아닌 사람처럼 느껴졌다. 그동안 나를 거쳐간 일들이 뻔한 소설이나 지루한 드라마의 줄거리처럼 요약된 채 기억되었다. 하루하루 어딘가 낯익은 누군가가 내 앞에 나타나 내가 해야 할 일들을 친숙하게 해나가는 기분이 들었다. 현실과 비현실의 경계를 인식하는 것조차 무의미하거나 무력한 느낌을 주는 것이다.

심각하게 여긴 것은 아니다. 사람에 따라 그것은 질환처럼 보이기도 하겠지만 일상 앞에서, 덧없이 떠오르는 생각이나 상념 앞에서, 그 모든 느낌들 앞에서 나는 그저 멍하기만 했다. 오히려 자기 자신을 잃어버리는 듯한 이 느낌이 지루하게 반복되는 하루하루가 내게 줄 수 있는 마지막 신비처럼 여겨졌다.

내게 올 일들이 예기치 못한 기쁨이나 가진 적 없는 슬픔을 주리라는 기대도 없었다. 이제 내 과거의 일들이 더는 슬프거나 기쁘지 않은 것처럼 말이다. 어떤 비극도 나의 이 질긴 무감함을 해치지 못할 것처럼 느껴졌다.

그런 날들이었고 그날이 그랬고 그날의 점심시간이 그랬고, 그날 그 점심시간에 걸려온 전화도 그랬다. 그런데도 범에게 모의 소식을 들은 날 나는 휴대전화를 붙들고 이렇게 물었다. 모가 왜? 이유를 말이다. 어떤 결정적인 이유라는 게 정말 존재한다고 믿는 사람처럼.

●

어떤 선택에 달라붙는 이유들, 그 이유가 선택의 원인이 아니라 그 선택을 불가피한 것으로 돌려놓음으로써 마침내 불러올 결과를 정당화하기 위한 알리바이임을 안다. 후회를 최소화하기 위한 방어기제나 사후 처방 같은 것 말이다. 삶에서 돌이킬 수 없는 결과에 도달하지 않는 선택은 없으니까. 모든 예외에는 이유가 필요하지만 사실 핑계와 구실 말고 진짜 이유란 건 존재하지 않는지도 모른다.

모든 일들은 씨를 뿌리지 않은 휴경지에 돋아난 풀들 같은 것이고, 그 풀들의 모체는 울타리 너머에 있는 무한한 자연이라고 하면 그만일 것이다. 이를테면, 만났으니 헤어지는 거라고. 내가 수를 붙들고 물었던 가장 어리석은 질문이 그것이었을지도 모른다. 이유 말이다. 결국 이별의 이유는 만남이다. 그렇게 생각할 수밖에 없는 때가 있다.

어쨌든 씨앗은 언제나 날아든다. 아무리 담을 높게 쌓고 콘크리트를 발라도 어느샌가 틈이 생기고 어김없이 풀이 자란다. 그리고 걷잡을 수 없이 무성해지는 그 푸르름의 무게 끝에서 누렇게 말라간다. 그때, 그 모든 일들이 농담처럼 느껴지는 순간이 온다. 매번 그 농담에 도달하기 위해 우리는 진담을 하는 것이다. 어리석지만 어리석지 않을 도리가 없다. 우리는 무수의 자연 중 하나를 가리켜 웃거나 울어야 하는 존재들이니까. 그래서 아무렇게나 웃자란 풀 하나를 뜯어와 자신의 손을 푸르게 물들이는 것이다.

●

나는 갑자기 모라는 존재가 허구처럼 느껴졌다. 실체 없이 부유하는 이야기 속에 자신을 남기는 유령처럼 말이다. 자연은 얼마나 푸른 허구인가. 무덤 속에 누군가 잠들어 있다고 믿는 것만큼, 지구는 얼마나 동그란 허구인가. 생각하자, 내 모든 기억이 허구처럼 느껴졌다. 기억은 실재가 아니니까 실체 없이 부유하는 이야기 속에 유령은 자신의 집을 짓는다. 한때 존재했던 것들이 제 존재를 잃고 그 존재의 이유만을 남기는 게 또한 유령일 테니까.

그가 허구처럼 느껴졌다. 사실 우리는 모두 허구가 될 것이다. 사라지고 지워지고 잊힐 것이다. 그래 그랬었지에서 그랬던가로, 나중에는 어떤 진실도 호명되지 않은 채 소문처럼 떠돌다가 흩어질 것이다. 누군가에게 이미 허구가 되어버린 내가 그의 기억 속에서 흙먼지처럼 무참하게 날리는 풍경이 차창 밖으로 펼쳐졌다.

오래된 문법

●

　자주 길을 헤매는 편은 아니지만 길을 가다 문득 어딘지 몰라 멈춰 서는 때가 종종 있다. 그러면 표백제를 풀어놓은 것처럼 사방을 햇살이 가득 메웠다.

　만약 내가 신을 믿었다면 그 순간을 인간의 시간 속에 침범한 신의 시간이라고 불렀을지도 모른다. 어쩌면 그 반대일지도 모르지. 신이 펼쳐놓은 세계의 얇은 막이 찢겨서 인간인 내가 그 바깥을 잠시 들여다보는 순간 같은 것. 그 순간 나를 엄습하는 것은 이상한 슬픔이었다. 나는 원래의 목적지로 가야 할 이유를 그 표백의 장막 뒤에 떨어뜨려버렸고 아무리 더듬어도 더는 그것을 찾을 수 없었다.

　다시 발을 옮겼을 때 그 길은 이전의 길이 아니었다. 집에 있는데도 집에 가고 싶었던 이상한 마음 같은 게 거기에 있었고, 삶이 어쩐지 삶이라 불리는 연극이나 실험처럼 느껴졌다.

그때는 죽음조차 아무렇지 않았다. 그게 이상했다. 그날도 죽음 앞에 슬퍼하던 나는 없었다. 슬픔이 사라지자 삶의 정체나 의미를 캐물을 이유도 없어졌다. 그건 이상할 게 못 됐다. 밤이 사라지면 낮이 사라지는 것처럼 삶과 죽음에 대한 감각도 하나일 테니까.

다만 이런 예감만이 이상하리만큼 또렷하게 다가왔다. 내 앞에서 드디어 길이 끝났을 때 그곳이 원래의 목적지든 새로운 장소이든 상관없이 종착지라 불릴 거기에서, 나는 아무것도 발견하지 못할 것이다.

●

범은 나무젓가락을 연신 상에 그어대며 새로 난 길에 대해 설명하고 있었다. 젓가락에 묻어 있던 양념과 기름기 같은 게 여러 겹 씌워놓은 일회용 비닐 식탁보 위에 죽죽 선으로 그어졌다. 젓가락의 압력을 견디지 못한 비닐은 간간이 찢겼다. 육개장 국물이 새어 나와 범의 젓가락이 찢어놓은 곳까지 번졌다. 맨 위의 비닐 식탁보가 감당하지 못한 것은 그 아래 비닐 식탁보가 너끈히 감당하고 있었다. 그것은 꼭 이곳이 장례식장임을 보여주는 죽음의 의지 같왔다.

소읍이라지만 외지 학생이 많이 다니는 고등학교가 두 개나 있었다. 해마다 차이는 있지만 보통 7, 8 할은 다른 도시에서 유학 온 학생들이었다. 나로서는 고등학교에 진학하면서 처음 살아본 소읍이었고 범은 여기서 자라 지금까지 쭉 살고 있는 토박이였다. 졸업과 동시에 나는 소읍을 떠났고 15년 만에 다시 찾았다. 범은 나에게 없는 그 15년의 시간을 통째 돌려주고 싶은 모양이었다. 기껏 이틀을 같이 보낼 테지만 범의 방식대로라면 15년을 이틀로 메워버리는 것이 아주 불가능한 일도 아닌 것 같았다. 단 이틀로 요약 가능한 15년이라는 시간이 상 위에 씌워놓은 희고 얇고 불투명한 비닐처럼 느껴졌다.

범이 그린 지도의 요지는 바로 그 자리에 다리가 섰고, 다리를 따라 길이 새로 나면서 모네 집도 허물어졌다는 거였다. 사실 그 정도 내용은 소읍의 규모상 장례식장에 오기 위해 시내를 통과하는 것만으로도 단박에 알 만한 것이었다.

범은 또 강의 한 지점을 가리키며, 내가 강물에 뛰어들었고 나를 말리려 뒤따라 모가 뛰어들었으며 그 덕에 모가 감기를 얻어 이틀이나 학교에 빠졌다고 말했다. 까맣게 잊고 있었던 일이 어렴풋이 짚이기 시작했다. 기억 못할 일도 아니었다. 그게 모와의 일이라면 말이다. 그러나 그게 아니었다.

범은 줄곧 이 소읍을 지키고 있다는 이유로 동창회장이 되었는데, 자신의 성실함이 마치 동창회장을 하기 위해 탑재된 것인 양 동창들의 경조사를 꼼꼼히 챙겼다. 친구들에게 틈틈이 안부를 묻는 일도 잊지 않았는데 그 과정에서 알게 된 모의 소식을 간간이 내게 알려주었다. 물론 내가 넌지시 물어봤기 때문이지만. 사실 나는 모의 소식을 듣기 위해 아니 모와 현의 소식을 듣기 위해 범의 연락을 피하지 않았고 되려 기다리기도 했다.

사람이 말이야. 응! 추억을 소중히 할 줄 알아야지.

뭐든 기억나지 않는다고 둘러대는 내 말에 보탠 범의 핀잔이었다.

●

죽음은 가로등처럼 인간의 모든 페이지에 켜져 있다. 거기 비친 얼굴은 세계의 낱장으로 넘어간다. 울음은 그 낱장을 구긴다. 눈물은 신이 가려놓은 세계의 얇은 막을 찢는 것처럼 흘러내린다. 슬픔은 인간인 우리가 삶의 바깥을 체험하는 순간인지도 모른다.

그래서 우리는 알고 있다. 거기에는 아무것도 없다. 삶과 죽음이 서로를 들여다본다 해도, 삶은 죽음에게서 죽음은 삶에게서 아무것도 발견하지 못할 것이다. 울고 난 후의 텅 빈 가슴처럼 삶은 죽음을, 죽음은 삶을, 서로는 서로를, 가진 적도 없이 그리워할 것이다. 잃어버린 적도 없이 찾을 것이다.

장례식장에 오면 죽음에도 값이 있고 질이 있다는 것을 알 수 있다. 현 혼자 상주 노릇을 하고 있는 것만으로도 모의 죽음이 어느 레벨인지 얼추 가늠되는 바였다. 간간이 찾아오는 문상객들은 갑작스러운 사고에 대한 안타까움을 잔뜩 표현하는 것으로 현을 위로했다.

그 모든 광경을 모는 사진 속에서 고요하게 쳐다보고 있다. 다행히 모든 죽음은 공평하게 고요하다. 어떤 형용사도 더는 모를 깨우지 못할 것이고, 어떤 동사도 모를 다른 곳으로 데려가지 않을 것이다.

주어로서의 인간은 목적어를 잃어버린 채 인생이라고 부르는 동사 위에 타고 있다가 내려와 시체가 된다. 언어는 그 목적어를 찾기 위해 생겨났고, 모든 이야기는 그 과정에 대한 기록일지도 모른다. 하나의 목적어를 찾는 과정. 우리는 아주 오래된 고통을 앓고 있으며 아주 오래된 방식으로 죽어가고 있다.

유적지의 시간

●

새로 이사한 집에서 꿈을 꾸었다. 유적지에서 낙타를 키우는 꿈이었다. 정확히는 낙타를 키우기 위해 유적지 외곽의 허름한 헛간을 고치는 꿈이었다. 먼지가 물위로 떨어지는 눈송이처럼 거대한 사막 모래 위에 내려앉고 있었다. 낙타가 쿵쿵 발을 굴리며 모래 바닥의 키를 맞추고 있었다. 사막의 해는 부서진 초인종처럼 여닫이 문 앞에서 덜렁거리고 있었다. 좋은 느낌도 나쁜 느낌도 없었다. 그냥 빛을 잘게 빻은 듯한 먼지들이 서서히 흙이 되는 순간을 지켜보는 꿈이었다.

새로 이사한 동네는 도심을 등진 채 우석산 한 면을 계단처럼 차지하고 있었고, 이사한 집은 그중 제일 높은 곳에 앉은 한 동짜리 빌

라였다. 가파르지만 차가 다니기엔 불편함이 없었고, 오층 건물의 오층 집으로 남서향에 탁 트인 경관만큼은 어느 집 부럽지 않았다.

삐뚤빼뚤한 지붕들이 제각각의 모양으로 들어선 오래된 주택가였다. 마치 있어서는 안 될 것이 거기 있다는 듯 중개인은 멈추지 않고 재건축조합의 추진력에 힘입어 TV 광고를 하는 대형 건설업체가 선정되었다는 이야기를 덧붙였다. 곧 분양에 들어갈 거라고. 그래서 빈집이 많았다. 나는 추후 재개발 이주에 협조할 것과 따로 이사 비용을 청구하지 않는 조건으로 비교적 싼값에 제법 넓은 거실이 딸린 전세를 얻을 수 있었다.

오래된 아파트가 보였다. 25년 되었다고. 처음 창문을 열었을 때 부동산 중개인이 귀띔하듯 말했다. 재건축할 단지가 아니라고. 쯧쯧 혀를 차며 달랑 두 동밖에 없어서 실익이 없다는 말을 덧붙였다. 그 아파트는 내 방 정면에서 오른쪽으로 살짝 비껴선 곳에 비스듬히 솟아 있었는데 '향림스카이'라는 이름에 걸맞게 멀리 택지지구에 막 지어지는 아파트들을 내려다보고 있었다. 향림스카이가 우직한 느낌을 준다면 택지지구에 들어서는 아파트들은 더 날렵하고 더 높았다. 향림스카이는 그들에게 자리를 내주고 뒤로 물러나 있는 은퇴자처럼 보였다. 있어야 할 것이었다가 있는 것이었다가 있어서는 안 될 것이 되는 차례를 도시는 전시하고 성실히 실행한다. 그 순서가 우리와 닮았다고 생각했다. 사람도 있음과 없음 사이의 불규칙하지만 예외 없는 곡선을 따르니까.

●

고개를 돌릴 때마다 향림스카이가 눈에 들어왔다. 나는 25년 된 아파트가 보이는 창문을 가지게 된 것이다. 그 집에 살아보면, 어떤 집에 살게 되었다고 말하는 것보다 그런 창문을 가지게 되었다는 말이 더 정확하다는 것을 알게 된다.

새벽녘까지 불이 켜진 창문이 있으면 한 번도 본 적 없는 누군가에 대한 묘한 연대감이 생기기도 했다. 그러나 가장 궁금한 것은 향림스카이 옥상에 집 모양으로 달랑 서 있는 슬레이트 지붕의 사각 구조물이었다. 마치 하늘과 지상의 경계를 지키는 망루이자 막사처럼 보였다. 노을이 예뻐서 휴대전화 카메라를 들이댈 때나 비를 뿌리는 구름이 궁금해 고개를 내밀 때도 저 사각 구조물은 어김없이 내 프레임 안에 들어 있었다. 엘리베이터 기계실쯤 될까. 독립된 가옥처럼 보이기도 했지만 옥상 가운데 툭 불거져 올라온 것이 어딘가 비현실적인 느낌을 주었다. 애니메이션 한 장면처럼 그것이 아파트를 달고 어디론가 날아가도 딱히 이상할 것 같지 않았다.

●

수와 함께 살던 집은 외곽 신도시에 있었다. 살수록 집이 좁아졌다. 4년 사이 세 개의 방은 각자의 짐들로 가득찼다. 내가 쓰는 공간엔 모니터만 네 개가 나뒹굴고 있었다. 사용중인 것까지 합치면 여섯 개였다. 수의 작업방엔 책과 화구들이 구역을 나누지 않고 책장과 선반, 바닥에까지 뒤섞여 있었다. 우리는 좁은 거실에서 밥을 먹고 침실에서 잠을 잤다. 간혹 거실 벽에 빔을 쏘아 맥주를 놓고 영화를 보았지만 처음 얼마간이었다. 점점 쌓여가는 짐들을 감당하기 힘들었다.

차세대 미술가로 주목받던 수는 시간이 갈수록 평단의 관심으로부터 멀어졌고 나는 새롭게 등장한 프로그래머들의 능력을 시기하는 것도 지겨워 그들의 진취적인 사유를 유전적 진화라 생각하고 받아들였다.

아무 말도 하지 말아줘.

공모전 결과가 나온 날이나 전시 관련 미팅을 하고 온 날 수는 입버릇처럼 말했다. 우리는 꺼낼 수 있는 것이라면 미래의 희망까지

다 끌어다 써버렸고 남은 것은 절망밖에 없었다. 더는 서로의 절망을 확인하고 싶지 않았다. 각자의 절망만으로 충분했으니까. 서로가 희망이 되는 사이란 주머니에서 각자가 먹어야 할 진통제를 꺼내 상대에게 건네주는 관계 같았다. 또 하루를 견딘 것을 대견해하고 다시 내일을 견디자고 위로하며, 각자의 절망을 내성화하기 위해 서로의 존재를 확인하는 것. 그것을 사랑이라고 부르는 건 비겁했다. 그래, 어떻게든 사랑을 붙들기 위해 사람은 비겁해질 수도 있을 것이다. 하지만 그것으로 현실 속으로 침범하는 악몽의 공포까지 피할 수는 없다는 걸 우리는 알고 있었다. 그래서 각자의 절망은 오로지 각자만 마주하는 방법을 택하기로 했다.

수는 필요한 짐을 챙겨 본가로 들어갔고 나는 회사 가까운 도심으로 이사했다. 이사한 후 겨우 넉 달을 더 출근했고 그뒤론 계속 퇴근 상태지만.

젊음의 무의미

●

왜 인간은 모든 것에 의미를 부여하려고 하는 것일까. 입에 넣은 사탕이 다 녹기도 전에 둘로 쪼개져 불안했던 적이 있다. 그날은 누군가와 결별할 것 같았고 위태롭던 사랑이 끝날 것 같았다. 쪼개진 사탕을 억지로 붙여놓으려고 했을 때 느꼈던 한 손의 반죽 같던 혀의 우둔함. 나는 그날의 불행을 모두 사탕 탓으로 돌렸다. 그때 사탕은 사탕을 넘어서 일순간 전능해졌던 것이다.

'의미'의 거처가 시시콜콜한 개인사에만 있는 건 아니다. 시간도 그렇다. 농사가 중요했던 시대에야 적절한 때 씨를 뿌리고 거두기 위해 절기와 명절이 필요했다지만 지금이야 그 상징만 남은 셈이니 구태여 절기나 명절을 따지지 않아도 그만일 것이다. 사는 일이 일찍부터 고단했던 이들은 명절이 오는 것도 기념일을 챙기는 것도 귀찮다고 말하곤 했다. 세상이 자본으로 향하는 외길 외에는 어떤 길도 보여주지 않으니 이제 자연의 섭리나 인연의 가치 따위를 챙기는 일은 사치라고 주장한들 딱히 반론할 사정이 많지 않다. 솔직히 나는 그런 논리에 열렬히 동의하는 편이다.

다만 정말 우리에게 기념해야 할 날들이 모두 사라진다면 어떨까. 시작도 끝도 없는 연속만을 보여주는 죽은 시간들을 우리가 견뎌낼 수 있을까. 좀 번거롭더라도 우리에게는 되새길 만한 의미가 있어야 하는지도 모른다. 그냥 흘러가버리는 세월에 동그라미를 쳐놓는 것으로라도 말이다. 일상의 모든 것이 상실의 연속이라 할지라도 시간을 통해 우리가 얻을 수 있는 기쁨이 전혀 없는 것은 아닐 테니까. 말하자면 우리가 다시 태어날 수는 없지만 생일은 해마다 돌아와야 한다. 인간에게 재생과 윤회가 가능하다면 온전히 자신이 주인공이 되어 새로운 '나'를 맞이하는 그 순간 때문일지도 모르니까.

그래서 '인생의 의미'란 게 도대체 무엇이냐고? 한편 그것을 미리 안다면 삶은 금방 시시해질 거라는 뻔한 말에는 동의하고 싶지 않다. 그러나 삶의 의미가 정해져 있다면 우리의 남은 삶은 그 의미에

종속되어버리고 말리라는 우려에 대해서라면 동의할 수밖에 없다. 유혹과 매혹, 그로부터 마른 금처럼 번져나가는 방황과 방황이 만드는 세로의 가능성이 허락되지 않는, 유일한 의미로 귀결되는 삶이야말로 어쩌면 가장 의미 없는 삶일 수도 있을 테니까.

그러나 더 무섭고 두려운 것은, 그 인생의 의미란 게 애초부터 삶에는 존재하지 않는다는 사실 앞에 당도하는 것인지도 모른다. 나는 그 순간에 대해 말할 수 없다. 아마도 그 순간에 대해 영원히 알 수 없겠지. 그 순간은 다음 순간을 기약하지 않을 테니까. 그 순간의 경험이 이 세계에 제시될 일은 없을 것이다. 그 순간을 맞닥뜨린 사람은 그 순간 속으로 사라져버릴 테니까. 그 순간에 대해 말할 사람을 지상의 시간은 만나지 못할 것이고, 그 순간에 대해 말할 시간을 지상의 누구도 갖지 못할 것이다. 그런 생각이 들었다.

그러니 삶의 의미는 내 눈앞에서 끝없이 뒷걸음질치며 계속 유예됨으로써 우리를 살아가게 만드는 무엇인지도 모른다. 다만 카페의 음악에서 누군가의 얼굴을 떠오르게 만들거나 붉은 노을이 앞 사람의 뺨을 따뜻하게 적시고 있다는 것을 깨닫게 하는 것으로 얼핏얼핏 그 힌트를 던져주면서 말이다.

●

　1,2학년 때는 모와 다른 반이었다. 운동 머리와 공부 머리가 따로 있다는 말은 순전히 뻥이었다. 중학교 때까지 축구 선수로 뛰었던 모는 공부도 잘해서 매달 교무실 앞에 붙은 전교 석차 상위권에 이름을 올렸다. 왜 축구를 그만두었는지 모르지만 여전히 몸이 다부졌고 굵은 톤으로 내뱉는 말들도 무게감 있어 보였다. 당연히 모를 모르는 이들은 없었다. 껄렁한 친구들과 어울리진 않았지만 반마다 뒷자리를 차지하는 친구들도 모를 건드리진 않았다. 모도 그들과 적당한 거리에서 적당히 친하게 지냈다.

　모와는 3학년 여름이 다 되어서야 친해졌다. 같은 반이 되기 전까지 모는 나를 몰랐을 것이다. 무탈하게 고교 시절을 마치는 걸 최대 목표로 삼고 있던 나는 고만고만한 생김에 조용조용한 행색으로 좀처럼 눈에 띄지 않는 데 성공하고 있었다. 특별한 계기가 있었던 건 아니었다. 물살이 물가로 밀려와 조용히 자신을 지우듯이 모가 내가 즐겨 앉던 교실 앞쪽 창가 자리에 앉는 날이 잦아졌다면 잦아진 게 이유였다. 어느 날 모가 에너지 드링크를 건넸고, 다음날 내가 에너지 바를 건넸다. 여름방학이 가까워질 무렵엔 소읍 중심가 끝에 있는 모네 집을 들락거렸다. 세컨드 하우스처럼 쓰던 모네 시골집에도 두 번이나 초대받았다. 사실 초대라기보다는 나의 생일을 핑계로 둘만의 일탈을 위해 궁여지책으로 선택된 장소였다고 하는 편이 적당했다.

●

여름방학이 시작된 직후였다. 보충수업 시작까지 열흘 정도 짬이 있었다. 대입 공부를 핑계로 짧게 본가에 다녀온 나는 모와 함께 마을버스를 탔다. 소읍에서 20분가량 가야 하는 곳이었는데 어느 시골 마을처럼 야트막한 언덕에 둘러싸인 소담하고 볕 좋은 마을이었다. 정류장에서 마을 맨 안쪽까지 제법 걸어야 하는 모네 시골집은 위채와 아래채로 나뉜 한옥이었다. 검고 높은 기와 때문에 높은 데서 내려다보면 어미 고래가 새끼를 데리고 헤엄치는 모양 같았다. 그래서 마을 사람들은 고래집이라고 부르기도 한다고. 마지막으로 할머니가 돌아가시고 5년 가까이 비어 있었다지만 빈집이라기보다는 고택풍의 별장처럼 보였다. 집 뒤로 넓은 뒤안과 대나무밭이 있고 다시 그 너머엔 모네 포도밭이 있었는데, 모네 선산 벌초를 해주는 조건으로 몇 년 전 귀농한 젊은 부부에게 소작을 맡기고 있었다.

그들은 모네 시골집에 들어와 살기를 원했으나 친지들이 간간이 찾아와 휴가나 주말을 보낼 요량으로 그것까지는 허락하지 않았다고 했다.

　도착하자마자 나는 이 문 저 문을 열어보며 천석지기니 만석지기니 하는 집이 너희 집 아니었냐고 물었고 모는 긍정도 부정도 하지 않는 미소를 보이며 내가 섬돌에 내려놓은 가방에서 초코파이 박스를 뜯어 케이크 모양으로 쌓아올렸다.

　고등학생이 일탈이란 걸 하기에 이보다 좋은 장소는 없었다. 외진 야산이나 후미진 빈집을 찾은 적은 없었지만, 그런 친구들이 어른들 생각처럼 모두 폭력적인 일을 벌이는 건 아니었고, 그저 삶에 대한 고민을 남들보다 격렬하게 가져가는 축이었다는 것 정도는 알고 있었다. 용서할 수 없는 짓을 저지르는 치들은 따로 있었다. 그런 치들이야 험한 일 당할 때 빼고는 사실 볼 일도 없었고 알지도 못했다. 그 외 대부분은 좀더 뜨겁게 자신을 마주하는 일이 필요했을 뿐이었다. 그 친구들의 행태를 다 옹호할 수는 없지만 그들의 상태를 다 오해하지도 않았으면 좋겠다고 생각했다. 젊음은 때로 실패와 낭패를 미리 살기도 하는데 그 마음을 다스리기 위해 잠깐씩 나이 밖의 시간을 빌리는 친구들 말이다.

　나 역시 크게 다르다고 할 수 없었다. 나는 되고 싶은 것이 아무것도 없는 청소년이었으니까. 흔히 찾는 이유처럼, 나 자신이나 가족에게 특별한 사건이나 사연, 그로 인한 난감함과 난처함이 있었던 건 아니었다. 그저 그 나이 때 친구들이 대개 그렇듯이 뜻대로 되는 것이 있을 리 없었고, 또 다들 읊어대는 그 삶의 뜻이란 게 무엇인지도 모르겠는, 그래서 조금은 우울하고 그래서 어눌한 학생이 나였다.

취중 농담

●

누가 휴가 삼아 시골집을 다녀간 지 얼마 안 된 모양이었다. 모는 고모들이라고 했다. '고모들'이라고 했으니 여럿일 거라 짐작했지만 그들에 대해 따로 묻지는 않았다. 냉장고에는 직접 양념을 한 돼지고기주물럭도 있었고, 김치와 마늘, 파 같은 식재료도 쟁여져 있었다. 막걸리 몇 병과 먹다 남은 소주도 냉장고 문 칸에 꽂혀 있었다.

모는 올리브유를 프라이팬에 두른 뒤 김치를 볶았고 곧장 양념 고기를 올렸다. 어디서 찾았는지 두부를 살짝 데치는가 싶더니 바로 꺼내 썰었다. 나는 상추를 씻는다기보다는 물에 담갔다가 그냥 꺼냈다. 상추 씻는 건 예나 지금이나 귀찮았다. 슬쩍 모를 돌아보며, 그냥 먹자, 말했고 모는 제대로 듣지도 않고, 그래, 답했다.

잘 마시지 못하는 술이지만 방 한쪽 구석에 빈 막걸리병이 줄을 서기 시작했다.

●

처음엔 계절에 대한 이야기였다. 모는 열기에 숨이 턱턱 막히는 것이 살아 있는 느낌을 주어서 여름이 좋다고 했고, 비염에 시달리던 나는 순전히 추위가 싫어서 여름이 좋다고 했다.

다음은 꽃 이야기였다. 우리 학교는 타지 학생이 많은 만큼 큰 기숙사가 있었고, 건물과 지면의 단차를 메우기 위해 기숙사를 빙 둘러 자연석을 쌓았는데, 그 사이사이에 맥문동이나 수국 같은 화초를 심었다. 친구들이 매점으로 달려가는 시간에 모와 나는 거기 앉아서 수국의 빛깔이 파란색에 가까운지 보라색에 가까운지 다투곤 했다. 격렬한 것은 아니었다. 모가 보라색이야, 말하면 한참 뒤에 내가 파란색인데, 말하는 식이었다. 나중엔 처음 알게 된 꽃에 대해 이야기했고 더 나중엔 계절 꽃에 대해 이야기했다. 이름을 모르면 비슷한 꽃 이름을 댔다.

막걸리를 앞에 놓고도 대화는 크게 다르지 않았다. 망초꽃에서 따온 개망초꽃, 나리꽃에서 따온 개나리꽃 이야기를 하다가 '개' 자가 붙은 말들이 주는 쾌감을 거쳐 각자가 개새끼라고 생각하는 사람 이름을 한 명씩 댔다. 내가 누구 이름을 댔는지 기억나지 않는다. 아마도 그때 구설수에 오른 연예인이었겠지. 모가 댄 이름도 처음 듣는 것이어서, 누구야? 물었고 모는 비밀이야! 대답했다.

좀 이상하기는 했다. 그 나이 때라면 성적이나 학교생활, 호기심과 환상으로 꽉 찬 연애에 관심이 쏠릴 법도 한데 모는 좀체 그런 이야기를 할 줄 몰랐다. 순전히 모가 그래서 나도 그랬다. 내게 먼저 또 가장 깊숙이 들어온 친구가 모였으니까. 모의 방식이 무엇이든 나는 그에 맞췄을 것이다.

세번째, 네번째 주제가 이어졌지만 잘 기억나지 않는다. 빈 막걸리병이 방 안쪽 구석에 늘어서기 시작했다. 그즈음 우리는 거의 교대로 마당 건너편 화장실을 들락거렸다. 여름의 긴 낮이 그제야 사그라들고 있었다. 한낮 더위를 피해 일과를 시작했던 마을 어르신들이 다 늦게 집으로 돌아가는 시간이었다. 취중에도 비틀거리며 마당을 가로지르는 게 신경쓰였을 것이다. 고등학생이 농촌 빈집에 들어 술을 마시는 게 자랑거리는 아니니까. 더군다나 고래집 손자라면 구설수에 오르기 딱 좋았다. 한 공동체의 친밀도는 그것을 유지하기 위해 꼭 그만큼 잔혹해지기도 하니까.

모는 화장실에 가지 말고 빈 병에다 볼일을 볼 것을 제안했고 나는 흔쾌히 좋아, 라고 말한 뒤 비틀비틀 일어나 모를 등지고는 빈 병 앞에 무릎을 꿇고 시범을 보였다. 친구 앞에서 바지를 내리는 게 부끄럽고 술상 옆에 화장실을 차리는 게 거슬릴 만도 했지만 이미 우리의 취기는 그 단계를 지나 있었다.

이상하게 술이 잘 들어갔고 멈추지 않고 마셨으며 참지 않고 빈 병을 채웠다. 그렇게 조심조심 볼일을 본 빈 병들이 이제 빈 병이 아닌 채로 윗목에 줄을 서기 시작했다.

나는 옷을 추스른 뒤 무르팍으로 기어오며 다음에 이야기할 주제를 골똘히 생각해보았다. 머리는 이미 지적 기능을 처리하는 곳이 아니었다. 그저 몸통 위에 올려져 있는 둥글고 무겁고 거추장스러운 신체일 뿐이었다. 아무것도 생각할 수 없었지만 나는 뭔가 생각하고 있는 것처럼 흔들리는 몸을 곧추세우려고 애썼다. 모 역시 몸을 제대로 가누기 힘든 건 마찬가지였다. 한 손에 막걸리 사발을 들고 한 손으로는 무릎을 짚고 자꾸 아래로 떨어지는 고개를 들어올리기 위해 최선을 다하고 있었다.

●

　가끔 모의 표정을 읽을 수 없을 때가 있었다. 마치 다른 사람의 몸을 빌려 쓰느라 자신의 감정을 얼굴에 제대로 새길 수 없게 된 사람의 표정 같았다. 그래서 웃는 표정을 짓거나 우는 표정을 짓는 게 아니라 꼭 자기 앞에서 웃고 있거나 울고 있는 사람을 바라보는 듯한 표정을 지었다.

　모의 입술이 천천히 열렸고 목소리가 느릿느릿 흘러나왔다. 나는 흐린 초점을 바로잡으며 모를 쳐다보았다.

　너 마라도나 알지?

　알딸딸한 상태에서도 질문이 뜬금없다고 생각했지만 꼬일 대로 꼬인 모의 혀가 힘겹게 내뱉는 그 말에 나는 바로, 알지! 하고 대답했다. 나 역시 혀가 꼬이긴 매한가지였다.

　또 마약했더라.

　이제 억지로 목을 비틀어서 내는 듯한 목소리였다. 나는 그 말을 왜 하는지 묻고 싶었지만 목이, 입이, 혀가, 발음을 생산하기를 거부하는 것 같았다. 모는 어릴 적에 축구를 했으니까. 축구가 세상을 이해하는 하나의 창이었을 수도 있을 것이다. 그렇게 생각하면 그만이었다.

그러는 사이, 모는 엉금엉금 윗목으로 기어가 빈 병에 자신의 몸을 조준했다.

왜 마약을 해.

저 말을 한숨처럼 흘리는 모의 상체가 심하게 요동친다 싶더니, 모가 조준한 병 바깥으로 모의 몸에 있던 액체가 뿜어져 나오는 게 보였다.

가장 당황한 사람 역시 모였다. 어, 어, 어, 비명이라고 하기엔 날카로움이 없었고 신음이라기엔 뭔가를 목격한 게 분명한 감탄사 몇 마디를 내뱉는가 싶더니 모는 중심을 잃었고, 딴에는 순발력을 동원해 중심을 잡으려 바닥을 짚는다는 게 그만 우리가 노란 액체로 채워 줄 세워놓은 병들을 건드리고 말았다.

노란 액체를 담고 있던 병들이 순식간에 도미노 현상을 일으키며 쓰러졌다. 대여섯 병이 한꺼번에 콸콸콸 소리를 내며 우리 몸에서 나온 것들을 다시 쏟아내기 시작했다.

자신이 저지른 감당할 수 없는 사고를 눈앞에서 확인하고서 그만 스스로를 놓아버렸을까. 모는 마치 기절이라도 하는 것처럼 그 위에 비스듬히 쓰러졌고 그대로 누워버렸다. 천천히 바닥을 저미듯 흘러가서는 저쪽 벽에 부딪쳐 다시 쏠리듯 되돌아오는 노란 액체가 모의 머릿결을 노을빛으로 적시는 게 보였다.

나 역시 당황한 건 마찬가지였지만, 도무지 몸이 움직여지지 않았다. 너무 취해버린 나는 눈을 게슴츠레 뜬 채 그 광경을 꿈속처럼 지켜보았다. 모도 나도 술을 자주 마시지도 않았고 잘 마시지도 못했다. 그날은 이상한 날이었으니까. 쉴새없이 들이켰으니까. 어지간했다면 모를 일으켜 몸을 씻기고 어떻게든 수습했을 것이다. 하지만 그럴 수 있는 정신도 육체도 아니었다.

나는 반대편 구석에 놓인 휴지 한 묶음을 발견하고는 엉금엉금 기어갔다. 둘둘 말린 휴지를 둘둘 풀어낸 다음, 노란 액체가 더는 넘어오지 못하게 윗목에 경계선처럼 댐을 막았다.

모는 명치 부근을 경계로 위쪽은 댐 안에 아래쪽은 댐 밖에 있는 꼴이 되었다. 힘거운 몸을 이끌고 댐을 막느라 지칠 대로 지친 나도 댐 밖에 드러누웠다. 모는 그 자세 그대로, 그러니까 머리를 노란 액체에 적신 채로 입술만 움직여 다시 뭔가를 말하기 시작했다. 현과 섭의 이야기도 아니었고, 부모님에 대한 이야기도 아니었다. 진학과 진로에 대한 이야기도 아니었다.

마라도나 이야기였다.

걔가 뛰는 걸 보면 있잖아. 이상하게 모든 게 다 납득이 돼. 뛰어나구나, 영리하구나, 천재적이구나, 이런 생각이 드는 게 아니라, 저 사람은 정말 저것밖에 모르는구나.

모의 들릴 듯 말 듯한 목소리를 들으며 나는 곧장 잠에 빠져들었다.

어떤 사람은 자신이 좋아하는 단 하나가 사라지면 세상 전부가 사라진 것처럼 느낀다. 바로 그 하나가 세상의 의미를 다 가져가기 때문이다. 마라도나에게는 축구가 그랬을 것이다.

단 하나의 불로 세상 전부를 태우는 사람. 마라도나 이야기는 모와 처음 나눈 축구에 관한 이야기이자 마지막으로 나눈 사랑에 관한 이야기였다.

주어와 주인공

●

　우리는 하나의 정체성으로 세상을 살지 않는다. 다중인격을 이야기하는 게 아니다. 나를 지칭하는 수많은 대명사를 보면 안다. 누구에겐 '아들'이고 누구에겐 '삼촌'이다. '선생님'이라고 불릴 때는 선생님의 마인드를 가져야 하며, 어떤 태도나 행동 때문에 '진상'으로 불리기도 한다. 어떻게 불리느냐에 따라 나의 정체성이 결정된다. 간혹 습관적으로 부르는 말이 그대로 폭력이 되기도 한다. 설령 의도하지 않았더라도 특정 성향이나 차이를 부각시키는 호칭은 개개인의 인격을 지우고 상대를 결정된 조건 속에 가둬버리기 때문이다. 호칭 속에는 서로의 관계뿐 아니라 그를 둘러싼 인식의 지평이 다 들어 있는 것이다. 그래서 모든 말이 운명을 감당한다고 말하는 것이겠지.

최근 곰곰 생각하게 되는 말은 '손님'이다. 주인이 아니며 그래서 오래 거주하지 않고 각기 다른 목적으로 찾아온 존재. 한자어로는 '객'이라서 결혼식장에선 '하객'이고 장례식장에서는 '조객'이다. 샤먼에서는 사람에게 찾아든 병조차도 '손'이라고 일컬으며 잘 대접해서 보내야 한다고 말한다. 부디 잘 머물다 가라는 것. 이 세상에 잠시 다녀가는 우리 역시 '손님'에 불과할 것이다. '손님'이라면 원래 주인으로 살던 곳, 영원히 머물 수 있는 집도 어딘가엔 있을 것이다. 이 세상에서 얻은 무수한 대명사를 버리고 온전히 자신의 이름으로 살아가는 곳. 말하자면 모는 그곳으로 떠났다. '모'란 이름이 이 세계에서 얻게 된 이 세계와의 관계 속에 얽힌 대명사였다면, 이제 그가 돌아간 곳에서 오로지 그에 의해 드디어 그만을 드러내는 스스로의 이름은 무엇일까?

아니, 모가 주인으로 사는 곳이라면 그곳은 어디일까? 사랑의 나라라고 불리는 곳이거나 어쩌면 그가 사랑했던 시나 그림, 예술 자체일 수도 있겠지. 누군가를 기억하는 일이 그의 존재를 지켜내는 일이라고 믿지만, 한편 누군가를 잊는 일이 그의 평안을 지켜주는 일이기도 할 것이다. 나는 왠지 모라면 후자를 원할 거라는 느낌이

들었다. 망각의 나라로 가서 망각의 주인이 되는 것. 그래서 자신의 이름도, 나아가 자신조차도 잊고 완벽하게 지워지는 것. 더는 불리지 않는 것. 막연하지만 죽음 이외에는 어떤 것도 가지고 싶지 않은 순간이 어떤 마지막에는 찾아올 수도 있을 것 같았다.

●

　빈소 안쪽에 상주들이 쉴 수 있게 마련된 방에서, 막 잠에서 깬 듯한 섭이 나왔다. 잠깐 두리번거리더니 식당 테이블에 앉아 있는 현에게 달려갔다. 잠이 덜 깬 목소리로 "엄마"하고 부르면서 현의 옆에 비스듬히 기대앉았다.

　현은 우리보다 두 살 위였지만 예전부터 동생인 모보다 앳돼 보였고 여전히 방학을 맞아 본가에 온 학생처럼 보였다. 이마 위의 잔털과 자주 빨개지는 뺨이 그랬고 짧게 자른 단발 위쪽에 아무렇게나 찔러놓은 노란색 머리핀이 그랬으며 재빠르지 않지만 가볍게 움직이며 말할 때 입을 가리는 손버릇이 또 그래서, 모르는 사람이 보면 세상 역경이 다 피해 갔을 것 같은 모습이었다. 장례를 치르는 가족들에게 으레 보이는 초췌함도 그다지 찾을 수 없었다.

　현과 마주앉은 중년 부인은 친척으로 보였는데 모의 새어머니인가, 짐작할 뿐이었다. 고모나 다른 친지로 보였던 한 무리는 현을 붙들고 탄식과 걱정을 늘어놓은 다음, 다시 보험사 직원으로 보이는 이를 붙들고 실랑이를 벌이더니 보이지 않았다.

중년 부인은 우리 섭이 밥은 먹었어? 어린아이에게 묻듯 물었고 섭은, 어 먹었어, 어린아이처럼 대답했다. 학교는 다닐 만해? 친구들과 잘 놀았어? 중년 부인의 질문이 이어졌고 꼬박꼬박 자랑하듯 섭이 학교 잘 다니고 있다고, 섭이 누구랑 축구를 했고, 섭이 누구랑 집에 왔다고, 모든 대답 앞에 섭은 자신을 주어로 붙였다.

한때 나는 누군가를 쳐다보며 웃을 땐 웃는구나, 생각하고 말할 땐 말하는구나, 그때 손으로 입을 가리는구나, 생각하는 버릇이 있었다. 지금 섭이 자신을 주어로 삼아 행동을 옮기는 것처럼 나는 누군가를 주어로 삼아 그의 행동을 생각으로 되짚곤 했다. 그 버릇이 살아난 것처럼 나는 내 생각의 주어 자리에 섭을 올려놓고 그 행동을 따라가고 있었다. 섭이 눕는구나, 섭이 말을 하는구나, 섭이 손을 올리는구나. 오래전 현에게 그랬던 것처럼 말이다.

오래전, 그 버릇의 주어 자리를 가장 많이 차지했던 것은 현이었다. 현이 머리를 쓸어올리는구나, 현이 눈을 깜빡이는구나, 현이 계단을 올라가는구나, 하고. 나는 나도 모르게 현을 가만히 쳐다보곤했는데 문득 시선이 느껴져 돌아보면 그런 나를 모가 또 멍하니 쳐다보고 있었다. 나는 괜히 뭔가 들킨 것 같아 서둘러 다른 데로 눈길을 돌리곤 했다.

현은 15년 전과 다를 게 없었다. 다르다면 그건 섭이었다. 비록여름 한철이었지만, 모의 조카 섭은 나의 조카이기도 했다. 이제 섭은 열일곱 살이 되었다. 부쩍 자랐지만 자라지 않은 것도 있었다. 학제를 '부'로 나누고 있는 학교의 중등부에 다녔지만 막 초등학생이된 아이처럼 행동했다. 현은 섭이 그저 좀 늦되나 싶었는데 계속 늦된 채였고 나중에야 조금 느리게 살아야 되는 아이라는 것을 알았다. 섭의 시간은 남들보다 두 배는 느리게 흘러가고 있는 셈이었다.

●

섭의 특별함은 현을 불편한 사람에서 불행한 사람으로 만들었다. 속 모를 미혼모에서 아픈 애 엄마가 된 것이다. 치욕에서 연민으로현을 대하는 마음이 바뀐 것인데 어느 쪽이든 부아가 치미는 건 마찬가지였다. 현은 친지들뿐 아니라 알 만한 이들의 모임에서도 종종 가십의 주인공이 되었다. 장례식장에서도 마찬가지여서 멀리 앉아 현과 섭 쪽을 힐끗거리는 것만 봐도 그들의 대화를 훤히 알 만했다. 그걸 볼 때마다 정말 인간은 남의 불행을 통해 살아간다는 생각이 들었다. 불행한 사람들은 더 불행한 사람을 필요로 하고, 부정한 사람들은 더 부정한 사람을 필요로 하며, 마음에 치부가 있는 사람들은 다른 이의 사랑을 치부로 만든다. 그런 사람들은 이야깃거리가 필요하지만, 그 이야기의 주인공이 이야기 밖으로 나오는 것을 원하지 않는다. 이야기의 주인공들은 그저 적당히 멀리, 보일 듯 말듯한 곳에 있어야 한다. 사라지기를 원하지도 않으며 잊을 용의도 없다. 자신들의 레이더가 닿는 딱 그만큼의 거리에 남아 자신들에게 포착되어야 하고, 그로써 뒷담화 소스를 언제든 제공해야 한다.

심지어 사람들은 그것이 그들을 향한 관심이자 호의라고 생각한다. 그래서 그들의 삶은 점점 세계의 가장자리로 밀려난다. 언 강의 그곳처럼, 더 깨지기 쉽고 더 무너지기 쉬운 자리 말이다. 그 위태로움은 시간의 흐름을 지우고 오직 불안만을 일상 곳곳에 남겨놓는다. 현은 자신이 가장 잘 아는 유일한 안전망에 의지할 수밖에 없었을 것이다. 바로 자기 자신 말이다. 그래서 현은 16년 전에 이미 용감한 사람이 되어야 했고 지금은 더 용감한 사람이 되어야 했을 것이다.

동정할 거면 차라리 돈을 줘.

간혹 누군가가 자신을 애처롭게 보는 듯한 느낌을 받았을 때 현이 입버릇처럼 했던 말이다. 나도 동감했다. 그들이 현을 통해 뭔가를 얻었다면 그 대가를 지불해야 한다. 그래야 공평하다. 물론 꼭 돈을 말하는 건 아니다. 그들에게 체불된 뭔가가 있다는 것을 스스로 잊지 말았으면 좋겠다고 생각했다.

●

뭐든 기억나지 않는다고 말하는 내가 답답하다는 듯, 범은 젓가락을 던지듯 내려놓고는 섭에게 관심을 돌려 지긋이 바라보았다. 범은 섭에 대해서만큼은 어떤 말도 보태지 않았다. 나는 범의 그런 태도가 좋았다. 그런 침묵이 현과 섭을 더 외롭게 만들지도 모르지만, 사람들의 말 하나하나를 이겨내야 하는 이들에겐, 말하자면 세간의 이목과 조언과 충고를 감당해야 했던 이들에겐, 그저 혼자 남아도 되는 시간이 평온처럼 느껴질 테니까.

나는 범에게 보란 듯이 넥타이를 늘어뜨리는 시늉을 하며 슬그머니 자리에서 일어나 밖으로 나갔다.

　변두리에 위치한 장례식장은 야트막한 산을 등지고 소읍을 내려다보고 있었다. 주차장 옆엔 상주들이나 문상객들이 쉴 수 있게 마련된 작은 정원이 있었다. 나는 그루터기를 본떠 만든 의자에 앉아 소읍을 내려다보았다.

　소읍의 불빛이 낯익은 듯 낯설게 반짝였다.

진열된 밤

●

어둠은 아무것도 보여주지 않지만 동시에 모든 것을 열어놓는다. 모든 사물을 지워버림으로써 모든 공간을 투명하게 만든다. 어둠 말고 무엇이 이렇게 완벽하게 이 세계를 지우고 또 채울 수 있겠는가. 다만 건너편 불빛들, 간판들, 가로등과 이따금 지나가는 비행기 불빛이 어둠에 여백을 만든다. 여전히 그 여백은 문자 밖이다. 해독할 수 없는 것들뿐이다. 해독되지 않지만 장악하는 것들. 우리는 무엇에 장악당한지도 모른 채 그것들에 기꺼이 스스로를 내주고 만다. 아니, 자신만 빼고 세상을 전부 다른 시간 속으로 옮겨놓는다. 우리는 덩그러니 그 시간의 바깥에 남아 닿을 수 없는 시간을 지키는 것이다.

아주 멀리 있거나 너무 어두워 보이지 않는 순간에 그리움은 가장 선명해진다. 그러므로 그리움은 정면을 가득 메우는 장면 같은 것이다. 어떤 여백도 허락하지 않는다. 우리는 그리움이 가진 단 하나의 여백인, 스스로의 몸으로 그 시간을 버텨야 한다. 끝없이 앞으로 걸어가지만 스스로 어둠이 되지 못하는 우리의 시간은, 그러므로 영원히 그리움의 처형장으로 남는지도 모른다. 보이지 않는 것 안에서 보이는 것과 보이는 것 안에서 보이지 않는 것을 뒤바꿔 갈망하며 죽을 때까지 아파해야 하는 것이다.

●

저 불빛들이 자꾸 나를 찌르는 기분이야.

수의 여러 재주 중의 하나는 감상적인 말을 오그라들거나 오버하는 느낌 없이 할 줄 안다는 것이다. 우리는 도심 야경이 내려다보이는 카페를 자주 찾았다.

나는, 아름다워서? 하고 물었고 수는 아니, 슬퍼서, 라고 답했다.

아름다운 게 원래 슬픈 거야, 말할까 했지만 입 밖에 내지 않은 건 잘한 거였다. 언젠가 수는 아름다운 것 앞에서 감탄부터 하고 보는 나의 감성이 공감 능력을 보여주는 것이어서 좋지만, 그 능력을 무턱대고 아무데나 적용하면 안 된다고 나무랐다. 감수성에 대해서라면 나는 언제나 수의 학생이 될 준비가 되어 있었다.

수는 도심의 불빛들이 사람을 낚는 미늘 같다고 말했다. 자본의 기획하에 제공됨으로써 그로부터 다시 재화를 생산하는 동력원을 만드는 것들. 노동자에게 주는 휴식이 그렇고, 돈의 흐름을 바꿔놓는 각종 캠페인이 그렇다는 이야기는 자주 들었다. 예술가의 고독까지도 교환 가능한 이미지로 바꿔놓는 게 자본이라고. 그러나 아름다움까지 그렇게 본다면 비약이고 음모론 아닌가. 하지만 수는 아름다운 야경이 한낮의 노동과 고통을 어떻게 가리는지, 그 속에 누운 자들의 추위와 상처를 어떻게 허구로 만드는지, 위선과 눈가림과 해열의 시간을 통해 자본이 얼마나 치밀하게 인간을 착취하는지, 나지막한 분노를 섞어 말했고, 많은 노동자가 죽음으로 내몰리는 상황을 뉴스로 접한 나는 그에 동의하지 않을 수 없었다.

아름다운 걸 아름답게 볼 수 없게 만드는 게 더 화가 나.

수의 눈빛은 엄마와 헤어지는 아이처럼 처연했다.

●

그뒤부터 나는 야경을 볼 때마다 모네 금은방에 있는 진열장이 떠올랐다.

　투명한 유리 속에서 반짝이는 반지와 귀고리와 시계들, 불을 꺼도 바깥의 빛들을 한껏 당겨와 자신의 것으로 만들고 마는 그 진열장은 어김없이 자물쇠로 채워져 있었다. 바라볼 수는 있되 가질 수는 없다는 듯. 말하자면 소유할 수 없으나 끝까지 갈망을 거두지도 말라는 듯, 그것들은 한껏 투명한 채로 자신을 보여주고 있었다.

　불을 끈 채 진열장을 내려다보던 모를 본 적 있다. 그때, 모의 눈빛 속에 들어 있던 미묘한 분노가 수의 눈에서 보았던 슬픔과 이상하게 겹쳐졌다.

모와 현과 섭

●

처음 모의 집에 간 날 현과 섭을 보았다. 모네 집은 로터리에서 시작된 소읍 중앙로가 끝나는 즈음에 있었다. 파란 아크릴로 '보금당'이라고 쓰인 간판을 단 삼층짜리 크지 않은 상가 건물이었다. 가게 안쪽에 쳐진 커튼 뒤에 위로 올라가는 철제 계단이 있는데, 모의 집은 금은방 위 두 개 층을 쓰고 있었다.

건물 뒤쪽에 드나드는 문이 따로 있었지만 뒷문이 열리면 신문을 보거나 텔레비전을 보던 모의 아버지가 매번 일어나 목화가 수놓아진 미색 커튼을 젖히는 통에, 가게 문이 열린 날이면 그냥 가게를 통해 위층으로 올라갔다. 모의 아버지는 내가 드나들든 말든 상관하지 않았고 인사도 받는 둥 마는 둥 했다. 그저 누가 집에 드는지 알았으니 됐다는 눈치였다. 그보다는 가게 문이 닫힌 날이 더 많았다.

모의 아버지는 차로 한 시간 남짓한 거리에 생기는 혁신도시 상업지구에 땅을 분양받아 상가 빌딩을 짓는 중이었지만, 소읍에 한창인 도시정비사업 보상금 때문에 보금당 문을 닫지 않고 있다고 했다. 궁금한 게 많았지만 따로 묻지 않았고 모도 말하지 않았다. 일주일에 한두 번 가게에 와도 가게에만 머물다 갈 뿐, 모의 아버지는 한 번도 이층 계단을 오르지 않았는데, 그 사정 역시 나는 묻지 않았고 모도 말하지 않았다. 간간이 현을 통해 듣는 게 전부였다. 모와 현, 둘 다 말이 많은 편은 아니지만 모가 말을 아끼는 편이라면, 현은 말을 할 필요도 없지만 굳이 감출 필요도 없다는 식이었다.

모의 부모는 모가 중학교 입학하던 해에 이혼했고 중학교 졸업하던 해에 동시에 재혼했다. 그뒤로 아버지는 새어머니와 어머니는 새아버지와 살았다. 혁신도시가 발표되기 전 아버지는 그곳에 꽤 넓은 땅을 사 묘목을 심었고, 얼마 후 그곳은 전원주택 단지로 개발되었다. 아버지는 다 함께 살자며 이층짜리 전원주택을 지었지만, 재혼 후에는 그곳에서 새 가정을 꾸리고 새 가족과 함께 살았다. 재혼 전 두 해 정도 아버지는 공식적으로 모와 현과 함께 살았으나 주로 전원주택으로 퇴근했다. 당연히 재혼 후 이곳에서 챙겨갈 짐은 거의 없었다. 어머니는 새아버지 사업차 뉴질랜드로 이민을 떠났다. 어느 날 모의 책상에서 남십자성이 그려진 엽서를 보았을 때 발신인이 어머니가 아닐까 짐작했던 것도 그 때문이었다.

그러니까 아버지와 어머니가 함께 살던 집에서 이제는 스무 살보다 한 살 덜 먹은 모와 스무 살보다 한 살 더 먹은 현, 그리고 스무 살이 되려면 자신이 산 시간의 스무 배를 더 살아야 하는 섭까지 셋이 지냈다.

●

모의 아버지는 이중으로 자물쇠가 채워진 진열장 뒤쪽에 놓인 가게 금고에 모와 현과 섭의 생활비를 남겨놓는다고 했다. 토요일 저녁 영업이 끝난 시간에 가게에 내려가 금고를 열어보면 덩그러니 돈이 놓여 있다고.

평소에도 무슨 일이 있어 모의 집에 들렀던 것은 아니니까, 그날도 아무 일 없이 모의 집에서 섭과 놀아주었을 것이다. 과제 때문이었는지 좀 일찍 기숙사로 돌아가기 위해 내려왔을 때, 가게 안에 우두커니 서 있는 모를 보았다. 셔터가 내려져 있었고 불도 꺼져 있었는데, 모는 한 손에 금고를 들고 서서 금빛 목걸이와 반지가 놓인 진열장을 뚫어져라 쳐다보고 있었다.

뭐 해?

깨버릴까?

이걸?

응.

조금 이상했지만 그 나이 때 치기로 보자면 영 이상할 것까지는
또 없었다. 그저 실없는 소리라고 생각했다. 다만 어둠 속에서 유독
깊게 파여 있던 모의 눈빛이 낯설어 모의 어깨를 툭, 쳤다. 그러고는
대수롭지 않게 여기고 기숙사로 돌아갔다.

뒷문과 가게 사이에 문이 생긴 건 일주일쯤 뒤였다. 금은방답게
철제 창이 가로질러 달렸다고 하는 편이 나았다. 더는 가게를 통과
해 모의 집에 갈 수 없었고 그래서 가게에 갈 일도 없었다. 아니 그
즈음부터 가게 문이 열린 날은 점점 더 드물어졌고 언젠가부턴 아
예 닫힌 채였다.

●

엄마인 현 이외에 섭을 돌봐주는 가족은 모밖에 없었다. 자연스
럽게 나 역시 섭과 놀아주는 사람이 되었다. 그런 일이라면, 여기저

기 떠들기 좋아하는 또래 다른 친구들보다는 외톨이에 가까운 내가 적당했을 것이다. 모에게도 현에게도 섭에게도 그리고 나에게도 적당한. 그런 이유로 우정이 선택되었다 하더라도 서운할 건 없었다. 서로가 서로에게 적당했다면 그것이 또 이유가 되어도 나쁘지 않았다.

처음엔 모. 친구라고 부를 만한 친구가 생겼다는 것이 좋았고, 나중엔 무람없이 대해주는 현을 보는 것이 좋았다. 아기를 좋아하는 편이 아니었지만 그들이 좋아서 섭도 좋았다. 다른 사람들이 뭐라고 하든 나에게 현은 섭을 누구보다도 사랑하는 사람이었고, 단호한 말투와 달리 따뜻하고 정 많은 사람이었다. 현이 해주는 김밥과 떡볶이도 맛있었다. 나중엔 모가 없을 때도 모네 집에 갔고 현과 섭과 함께 시간을 보내기도 했다.

현은 뒷문 열쇠를 문 앞 화분 아래 두겠다고 말했다.

문 열어주는 것도 일이다.

현의 말이었다. 그런 말을 현은 무심하게 흘리듯 할 줄 알았다.

열쇠를 깔고 있는 화분 위에는 '도시재생 공사 계획도'가 붙어 있었다. 보금당을 통과하는 빨간 점선이 새로 생길 도로라고 했다. 이

집이 허물어지면 셋은 어디로 가야 할까. 모는 아무것도 신경쓰지 않는다는 듯 미래에 대해서는 어떤 말도 하지 않았다.

그때 가봐야 알지, 뭐.

그게 모였다. 정작 걱정이 앞서는 것은 나였다. 하지만 직접 묻지는 못했다. 몇 번이나 망설이다가 현에게 무심한 투로, 여기 공사는 언제쯤 시작해? 물었다. 현은 내 의도를 다 안다는 듯 막 걷어온 섭의 옷을 개키며, 살 데야 있겠지, 말했다. 그 목소리에 배인 게 단호함인지 무던함인지 막막함인지 분간되지 않았다.

마침 잠투정을 하는 섭을 데리고 모가 삼층으로 올라갔을 때 현은, 낼모레 돌인데 왜 옹알이도 못하지, 라고 혼잣말을 했다. 섭 이야기였다. 아기가 조금만 늦되어도 뭔가 문제가 있을까 걱정이 앞서는 게 엄마이고 그게 보통일 것이다.

나는 그날 현이 우는 모습을 처음 보았다. 사람의 감정이란 게 원래 조금씩 고조되다가 한꺼번에 쏟아지는 법인데 그날 현에게는 기승전결이 없었다. 개다 만 섭의 곰돌이 내복에 얼굴을 묻고 한참을 들썩였다. 그리고 고개를 들고 말했다.

다 나 때문인 것 같아.

_____

곰돌이에게

●

어느 날 창문 유리에 가는 금이 가 있는 것을 보았다. 무슨 일이 있었는지 알 수 없었다.

그러나 우연은 필연의 알리바이일 뿐이다. 모든 우연은 필연을 가린 연기 같은 것이다. 유리의 금은 필연적인 모양을 하고 있다. 가령, 날아온 돌멩이의 모양에 의해 유리의 한쪽 표면은 아주 미세하지만 더 깊이 충격을 받았을 것이고, 찰나의 순간이지만 금은 정확하게 그 방향으로 뻗기 시작했을 것이다. 우리의 오감으로는 확인할 수 없겠지만, 금은 나아가면서도 유리를 이루는 질료들이 조금 더 성긴 쪽을 찾아 길을 냈을 것이다.

거기에는 이 유리가 가진 역사, 유리를 지나간 것들의 흔적이 영향을 미쳤을 것이다. 이를테면, 유리창을 닦다가 중심을 잃어 쿵 머리를 찧었던 부위나 하필 그곳에 더 세게 가해진 바람의 입자. 하다 못해 아이가 잘못 날린 종이비행기가 부딪친 충격이나 음악이 자신의 파장으로 때렸던 부위를 골라 금은 미세하게 유리의 틈을 벌렸을 것이다.

그리고 돌멩이의 완력이 온전히 흡수되어 사라지는 지점에 이르러 멈추었을 것이다.

불빛에 어른거리는 그림자를 더 많이 받았던 땅이 더 깊이를 가졌을 것이고 어둠을 더 많이 거느렸을 것이며, 그리하여 모든 바다은 자신이 짊어졌던 그림자의 무게를 기억하며 단단히 다져졌을 것이다.

●

2년 전 현은 가까운 대도시에 있는 대학에 들어갔다. 그리고 1년 만에 섭과 함께 돌아왔다. 현은 자신에게 무슨 일이 있었는지 한마디도 하지 않았다. 때문에 많은 것을 견뎌야 했고 많은 것을 포기해야 했다.

사랑을 알아버린 사람들은 사랑에 대해 잘 말하지 않는다. 사랑에 대해 모르는 사람들이 사랑에 대해 떠든다. 그렇게 떠들 수 있는 이유는 그들이 아는 사랑이 대체로 환상이기 때문이다. 마치 단단히 잠겨 있는 상자 속의 비밀에 대해 말하듯이 말이다. 우리는 누구도 보지 못한 것에 대해서는 얼마든지 말할 수 있다. 그러나 누구나 본 것에 대해서는 본 것만을 말할 수 있을 뿐이다. 사랑을 알아버린 자들은 그 상자가 사실은 텅 비어 있다는 것을, 침묵으로 보여줄 뿐이다. 어쩌면 사랑은 그 상자가 아니라 그 상자를 건네주는 사람과 그 상자를 건네받는 사람 사이의 텅 빈 허공인지도 모른다. 사랑은 허공의 전부를 밀고 지나가서는 어떤 흔적도 남기지 않는다.

예나 지금이나 나는 사랑을 잘 모른다. 그래서 섭의 아빠가 누구든 간에 현이 자기 삶의 한 부분을 포기했던 것이라고 생각했다. 그러나 그 삶의 한 부분이 포기하지 않았던 나머지까지 전부 삼켜버린다는 것을 나는 몰랐다. 더군다나 그 일들이, 생을 뒤흔드는 운명적인 사건이나 자기 내부에서 솟구치는 치명적인 결심으로 시작되는 게 아닐 수 있다는 사실도 말이다.

●

　현은 다시 고개를 들고 곰돌이 내복을 멍하니 쳐다보았다. 모든 기회의 시간들을 지나쳐온 뒤 아무 소용 없는 때에만 할 수 있는 말도 사람에게는 있는 것이다. 현은 마치 곰돌이에게 말하는 것처럼 말했다.

　섭이 생겼다는 것을 알고 너무 무서웠다고. 벌벌 떨면서 병원엘 갔는데 늙은 의사가, 잘못했습니다, 말하라고 했다고. 여전히 무섭고 떨렸지만 아무리 생각해도 자신이 잘못한 건 없었다고. 게다가 왜 처음 본 사람에게 자기가 잘못했다고 말해야 하는지 알 수 없었다고. 벌벌 떨렸지만 벌떡 일어나 나올 수밖에 없었다고. 누구에게도 이해받을 수 없다는 사실 때문에 외로웠다고. 그렇게 외로움 이외에는 어떤 것도 진실이 아닌 시간을 지나 섭을 자신의 인생으로 받아들였다고.

　늙은 의사는 자신이 무슨 짓을 저질렀는지 모를 것이다. 한 사람의 인생이 결정되는 순간에는 그 자신이 전부를 바칠 만한 이유가 그 사람 내부에 버티고 있어야 한다. 나머지는 그 이유가 어떤 부당함도 없이 온전할 수 있도록 지켜줘야 한다. 자신의 몸과 마음과 미래에 대해서 자신만의 의지로 결정할 수 있는 기회가 바로 인간의 권리일 테니까. 넌 어리니까 혹은 어른이니까, 넌 여자니까 혹은 남자니까 이래야 하고 저래야 한다고 말하고 행동하는 사람들을 말하게 하거나 행동하게 해서는 안 된다. 각자의 삶을 감당하는 인간을 자기 생각 속의 인간으로 만들려는 자가 생각하게 해서는 안 된다. 그들은 대개 착취로 얻은 것들을 노력의 대가로 믿는 자들이며 자기들이 가하는 억압을 세상의 법칙으로 삼는 자들이다. 그들은 모두를 가르치려 들지만 자신은 배우려 들지 않는다. 그래서 자신의 말이 흉기고 자신의 행동이 폭력이라는 것을 모른다.

섭은 그냥 내 아기야.

누가 캐묻지 않았는데도 현은 서둘러 다짐하듯 말했다. 현이 그렇다면 그랬다. 나로서는 가족끼리 어떤 합의가 있었는지 또 어떤 굴복과 포기가 있었는지 알 수 없었고 알 필요도 없었다. 무엇보다 현의 말은 내가 늙은 의사에게 품었던 분노가 얼마나 하찮은 것인지 단숨에 각인시켜주었다.

현은 섭의 아빠에 대해서는 마지막까지 어떤 말도 하지 않았다. 현의 내부에서 그것을 침묵 속에 잠그고자 하는 의지가 다른 싸움을 다 이겨내고 있었을 것이다. 그 침묵이 현의 선택이라면, 나머지는 중요하지 않았다.

그러잖아도 소원했던 아버지가 섭의 존재를 알게 된 후 현과 현을 감싸는 모를 대놓고 관심 밖으로 돌렸다는 것 정도는 귀동냥으로 짐작할 뿐이었다. 현은 이제 어떤 말이 들려도 매번 대수롭지 않게 넘겼다.

아버지가 퇴근하면 밤마다 상가 건물에 혼자 남아야 했던 모는 현이 돌아왔고 섭까지 데려와 더 좋다며 태연한 척을 했지만, 부쩍 말수가 준 것까지는 감추질 못했다.

시선의 천국

●

향림스카이 옥상 사각 구조물 사이에 해가 놓여 있다. 붉은 알. 저 알은 왜 부화가 없을까. 수가 머물고 있는 곳에도 지금 해가 지고 있을 것이다. 똑같은 해가 똑같은 모양으로 수의 눈 안에도 들어 있을 것이다. 다른 곳에 서서 같은 것을 보는 것과 같은 곳에 서서 다른 것을 보는 일은 어떻게 다를까. 이런 생각을 하다보면, '나'라는 존재가 내가 보았던 것들의 마음일지도 모른다는 느낌이 든다. 사물들은 그 마음을 저 바깥에 인간으로 꺼내놓은 것이다. 저 해의 마음을, 저 콘크리트의 마음을, 저 풍경의 마음을, 신은 인간이라는 생명체로 빚었을 것이다. 우리는 그렇게 시선을 통해 연결된다.

●

언젠가 인간의 눈에 관한 다큐멘터리를 본 적 있다. 인류가 생기기도 전 아주 먼 옛날, 우리 조상의 눈은 양옆에 붙어 있었다. 튼튼한 다리도 맹렬한 송곳니도 갖지 못했으므로 그들이 위험으로부터 자신을 보호할 수 있는 방법은, 나무 위에 올라가 양옆에 붙은 눈을 이용해 최대한 넓은 각도로 주변을 주시하며 위험을 감지하는 것이었다. 불안한 눈동자가 사방을 살피느라 분주했을 것이다. 먹이를 구하기 위해 그들은 더 자주 땅에 발을 디뎌야 했고 또 서둘러 나무 위로 도망가야 했다. 서서히, 빨리 달릴 수 있는 다리와 자유로운 손을 얻으면서 인간의 눈은 점점 앞으로 모아졌다. 두 개의 눈이 정면으로 향함으로써 만들어내는 시선의 교차가 거리감을 갖게 하였다.

두 눈이 정면을 바라보게 된 것을 생물학적 진화의 과정으로 살피는 것은 인류학자들의 몫이다. 다만 멀리 있는 것과 가까이 있는 것에 대한 자각, 그것은 본능적 자기방어 또는 자기생존과 번식 외에 다른 형태의 열망을 만들었을 것이다. 당신과 나의 거리, 그것은 처음엔 몸의 것이었지만 나중엔 안전의 표시였고 유대의 증거였으며, 어느 순간 마음이라고 일컬어지는 것의 시작이기도 했을 것이다. 그때부터 어떤 눈빛은 환한 가로등처럼 켜지고 어떤 눈빛은 허공에 치렁치렁 매달린 전깃줄처럼 흔들리기도 했을 것이다.

　다큐멘터리는 인간 눈의 진화 중 가장 특이한 점을 흰자위의 존재로 꼽았다. 고릴라나 침팬지, 원숭이와 같은 영장류는 자신이 어디를 바라보는지 감추기 위해 흰자위를 갖지 않는다. 경계를 위하여, 도망을 위하여, 또는 공격을 위하여 자신의 주시를 속이는 것이다. 그러나 인간만은 흰자위를 통해 내가 어디를, 무엇을 보고 있는지 정직하게 드러낸다. 내가 바로 당신을 보고 있다는 것을 말하기 위해서. 말하자면 저 바라봄을 통해 인간은 본능 바깥에서 연대와 결속을 이루고 사랑과 그리움을 서로의 정체성으로 삼을 수 있었을 것이다. 그것으로 생존의 무상함과 그 허망함이 주는 처형의 시간을 견딜 수 있었을 것이다. 무엇보다도 사랑을 전할 수 있었을 것이다.

●

　이제 해는 하늘 한쪽에 달린 노란 마개 같았다. 세상이라는 튜브에 달린 노란 마개. 어떤 거대한 손이 있어서 세상을 꽉 움켜쥐고는 저 구멍 밖으로 하루의 풍경을 다 짜내고 있는 것처럼 느껴졌다. 저녁을 온전히 견디는 자의 몫으로 돌려놓기 위해서 내가 깃든 이 세계가 찌그러지고 있는 것 같았다. 이 찌그러진 세계에서는, 다른 곳에 서서 같은 것을 보아도 또한 같은 곳에 서서 다른 것을 보아도, 결국 우리는 엇갈리고 말 것이다.

밤이 장도리를 가져와 내 눈을 뽑아올린다면 낮 동안 내가 본 것들이 줄줄이 빨랫줄에 묶인 빨래처럼 쏟아져나오겠지. 그러나 아무리 탈탈 털어도 거기 수는 없을 것이다. 밤의 어둠 속으로 흔적 없이 사라지는 그림자가 있는 것처럼. 망치로 두드리다보면 나무 속으로 사라지는 못이 있는 것처럼. 더는 뽑을 수 없는 그것처럼. 어떤 고통으로 인해 자신의 몸속으로 사라지는 사람도 있을 것이다.

적산가옥

●

　수의 작업실은 세번째로 건설된 신도시 외곽 마을, 거기서도 외따로 떨어져 있었다. 큰길에서 15분여 소로를 따라 두어 번 꺾어드는 길이었는데, 일단 접어들면 결국 수의 작업실에 가닿게 되어 있었다. 느끼기에 따라 적막했지만 찾기에 어렵지 않았고, 야트막한 산으로 둘러싸여 안정감을 주었다. 주위는 복숭아밭이 드문드문 보였으나 대체로 논이었고, 그즈음엔 식후의 식탁처럼 바닥에 그루터기를 흩어놓고 있었다.

　가을마다 논에서 한꺼번에 사라지는 벼들을 보며 나는 비정규직의 운명이 꼭 인간의 것만은 아니라는 생각을 했다. 농촌이 가진, 인공과 자연의 미묘한 뒤섞임 때문일 것이다. 농촌은 '자연적'이지만 '자연'은 아니다. 어쩌다 길가에 한 짝만 버려진 채 낡아가는 장화를 보면, 거기에는 자연이 가진 유기체적 질서와 포용력만으로는 해결되지 않는 숨겨진 서사가 있을 것 같았다. 자연이 주는 초월적 감각과 무관하게, 매번 대결할 수 없는 힘에 휘둘리고 무너지면서도 그다지 맹렬할 것 없는 이 생존 투쟁을 하루하루 이어가야 하는, 인간에게 주어진 무참함 같은 것 말이다.

적산가옥을 개조한 작업실은 층고가 높은 두 동의 목조건물과 그 옆에 단층으로 새로 지어져 간단히 숙식을 해결할 수 있는 한 동의 슬래브 건물로 이루어져 있었다. 목조건물은 가파른 지붕에 일층과 이층 각각에 처마를 덧댄 전형적인 일본식 건축물이었는데, 막상 안으로 들어가보면 아래위가 하나로 트인 단층 건물이어서, 규모가 큰 설치미술 작업을 하기에 적합했다. 하나는 곡물창고로 하나는 제분소로 사용되었다고 했다. 예전엔 짐수레나 달구지가 드나들었을 꽤 널찍한 마당이 저 그루터기 들판과 이어져 있었다. 경계를 표시할 요량으로 길게 화단을 만들어 공들여 꾸민 흔적도 있지만, 이미 바닥에 달라붙은 화초들은 그 종류를 짐작하기 어려웠고 경계석도 아무렇게나 흩어져 있었다. 대신 여기 머물렀던 미술가들이 기념 삼아 작업했던 미술품들이 곳곳에 놓여 있었다.

적산가옥을 들락거렸던 사람들과 어김없이 분주했던 생활과 거기 잠시 머물다 간 마음들을 떠올려보았다. 그러자 저물녘 들판까지 길게 뻗던 그 사람들의 그림자가 지금까지 남아 서서히 어둠으로 차오르는 느낌이 들었다.

●

각자 먹을 만큼의 고기와 술을 준비해 오세요. 바비큐를 위한 땔감이 넉넉하게 준비되어 있습니다.

수가 보낸, 이른바 고별 파티 초대 문자였다.

한 문화재단에서 운영하는 이 공간은 짧게는 6개월부터 최장 2년까지 머물며 작업할 수 있도록 제법 까다로운 심의를 거쳐 네 명의 젊은 작가에게 제공되는데, 보름 뒤면 수가 입주한 지 꼭 2년째 되는 날이었다.

넉넉하게 준비된 땔감이 수의 작품이라는 것은 모두 아는 바였지만, 철제 드럼통을 반으로 잘라 만든 화로 앞에서 수는 초청사를 겸해 자신의 작품이 맞게 될 비극적 운명에 대해 재차 설명했다.

회화라면 처분도 쉽고 작품을 보관하는 일도 어렵지 않지만 설치미술의 사정은 달랐다. 그날 모인 작가들이 대체로 그랬던 것처럼 수 역시 크고 작은 국제전을 경험한 유망주였지만 누가 기꺼이 작품을 구매해 정원이 잘 가꾸어진 잔디밭에 설치해둘 만큼의 저명인사는 못 되었다. 설령 호감을 가진 인사가 나타난다 하더라도, 본인의 말처럼 '장황하기 그지없는 작품'을 세워두려면 '국립'이라는 이름이 붙어야만 가능한 미술관 사이즈의 앞마당이 있어야 했다. 더군다나 딱 봐도 재력가라 할 만한 이들이 좋아할 만한 작품이 아니었고, 오히려 그런 부류가 가진 부와 그 축적 과정을 희화하는 작품이 대부분이었다. 그것이 철제라면 무게를 달아 고물상에 넘기기도 하고, 영상이나 조명을 활용한 작품들은 주로 부품을 대여한 것이어서, 작품을 해체해 반납하곤 했다.

그날의 주인공은 목재였다. 수가 말한 고별은 그러니까 이 공간과의 고별이라기보다는 자기 작품과의 고별에 가까웠다.

성실한 이별

●

훗날 수는, 내가 이 사랑에 더 성실했으니까 괜찮아, 라고 말했다. 우리가 즐겨 찾던 카페였고 창 너머 펼쳐진 야경이 카펫에 수놓은 것처럼 도시의 진창을 덮고 있었다. 수의 얼굴에 특별한 동요는 없었다. 다만 조금 피곤해 보였다. 수도 내 얼굴에서 비슷한 걸 느꼈을 것이다. 우리는 연인이라고 해도 친구라고 해도 썩 어색하지 않을 대화를 이어나갔고, 결별에 대해 확언하거나 확정하려고 하지도 않았다. 결정된 게 있었다면 수가 본가로 들어가기로 한 거였다.

처음 나는 수의 말을 이해할 수 없었다. 사랑에도 성실과 불성실이 있어서 어떤 사랑은 부지런하고 어떤 사랑은 게으르다는 말을 납득하기 어려웠다. 누군가를 만나기 위해 성실이 필요하다면 그것이 사랑일까. 저녁마다 나에게 오기 위해 수에게는 성실함이 필요했을까. 성실해질 수밖에 없게 만드는 것. 말하자면 사랑은 이미 성실을 속성으로 가지는 것은 아닐까.

결혼은 사랑을 의무로 만드는 것이라고, 의무가 된 사랑이 사랑일 수 있느냐고, 수는 입버릇처럼 말했다. 제도가 된 사랑은 관계에 대한 권력으로 작동될 뿐이라는 말에 나는 동의하지 않을 이유가 없었다.

부부 중 한 사람이 살해당하면 가장 유력한 용의자는 나머지 한 사람이야. 그게 결혼이라는 제도의 본질을 보여주는 거 아니겠어.

수의 말이 옳다고 생각했고 우리는 함께 비혼주의를 택했다.

그날 수가 성실을 말했을 때, 나는 그것이 마치 의무의 이행이나 실천처럼 느껴졌고, 더불어 수가 사랑을 관계가 만들어낸 제도처럼 이해하는 건 아닐까 의심했다.

●

그러나 그런 의심이 결별을 받아들이지 못하는 옹졸함을 슬며시 상대에 대한 분노로 바꿔놓는 것임을 가장 잘 아는 사람 또한 나였다. 우리는 매번 너무 많은 의미를 부여하고 그 의미는 사랑을 잔뜩 부풀려 더 큰 환상의 자리로 옮겨놓는다. 그러나 하루하루 도래하는 일상은 꿈 같은 사유가 아니라 끝없이 넘어오는 사태이다. 환상 속에 있는 한 우리는 우리 앞에 당도한 어떤 사태로부터 사랑을 지키는 적절한 방법을 찾을 수 없다.

사랑을 환상 속에 두는 자는, 사랑에는 이미 이해와 포용이 들어 있다고 믿는다. 그들은 사랑한다는 이유로 모든 것을 할 수 있다고 믿거나 사랑하기만 한다면 아무것도 하지 않아도 된다고 생각한다. 그들에게 사랑은 자기 자신을 위해 언제든 꺼내 쓸 수 있는 편리하고 절대적인 일상 밖의 알리바이일 뿐이다.

하지만 늘 새롭게 도래하는 일상의 사태 속에서 사랑은 끝없이 이해하고 끝없이 포용해야만 지켜지는 일종의 태도이다. 사랑하기 때문에 할 수 있는 것들을 서로 동의하에 추리고, 사랑한다 하더라도 해서는 안 될 것들을 지켜야 한다. 말하자면 사랑을 일상의 영역으로 불러온 이들은 사랑을 삶의 조건으로 만들기 위해 스스로 노력을 아끼지 않는다.

요컨대 사랑은 환상의 높이에 있을 때 끝내 누추하고 일상의 지대에 있을 때 마침내 숭고하다. 수는 사랑을 지키기 위해 일상을 믿는 쪽을 택한 반면, 나는 나를 지키기 위해 사랑을 꿈처럼 사유했던 것이다.

내가 이 사랑에 더 성실했으니까, 괜찮아.

저 말을 할 수 있는 자격은 사랑하며 '살았던' 사람에게만 있다. 적어도 그들은 자기 삶 속에 사랑을 들이거나 사랑으로 제 삶을 채우려고 했던 사람이다. 반면 사랑과 일상을 분리시켜 사유하는 사람들은 사랑의 절대성을 고집한다. 그들의 말은 일상을 낙원으로 꾸미는 희망에 차 있지만, 낙원이 될 수 없는 일상은 쉽게 절망으로 바뀐다. 그 절망이 서로를 착취하고 마음을 억압하리라는 짐작은 어렵지 않다. 그렇게 사랑을 액세서리처럼 둘렀던 사람은 기껏 이런 말을 한다.

나를 사랑하긴 했어?

그들이 이별 앞에 고를 수 있는 말은 많지 않다. 아름답게 반짝이는 저 허구의 야경 앞에서, 그 말을 한 사람은 나였다.

딱히 달라질 건 없다. 그게 격렬한 순간이었든 화해로운 끝이었든 간에 그들은 귀갓길에 마트에 들러 두부를 사고 식탁에 앉아 밥을 먹을 것이다. 소파에 앉아 텔레비전을 보고 어쩌다 눈물을 흘리는 때도 있겠지만, 그뿐이다.

●

　작품과의 쓸쓸한 고별사 끝에 수는 슬픔도, 밤안개처럼 깔리던 분노도 이제는 익숙해졌다고 말했다. 사랑해서 최선을 다한 것인지 최선을 다하다보니 사랑하게 된 것인지는 모르겠지만, 그러면 됐다고. 다소 감상적인 초대사에 사람들은 흔쾌히 환호와 박수로 동의해주었다.

　수의 고별 파티는 밤늦도록 성황을 이루었다.

●

　공간에 대해서라면 아무리 넓혀봐도 '지구'쯤일 것이고, 시간에 대해서도 시차의 경험에 비추어 기껏 열두 시간 차이만을 떠올릴 수밖에 없다. 당연한 말이지만 우리는 우리가 살아가는 유일한 공간 속에 단 한 갈래의 시간만 상정하고 살 뿐이다. 물리학까지 가지 않더라도, SF영화에서 종종 시공간이 단일하지 않고 심지어 휘어지기도 하며 어느 지점에서는 건너뛰거나 앞뒤가 하나로 묶여 있다는 사실을 배우게 된다. 나에게 직접적으로는 인지되지 않는, 이 복잡하고 어려운 이야기에 매료되어 나는 가끔 밤하늘을 올려다본다.

　그러면 그 말들이 전혀 낯설지 않게 다가오는 순간이 있기도 하다. 우주에는 헤아릴 수 없을 만큼 많은 공간이 있고 그것들이 따로 운용하는 시간이 있다는 말은, 마치 세상에는 수많은 사람이 있고 각자의 인생이 있다는 말 같기 때문이다. 그들은 각자 다른 시간을 살고 심지어 다른 깊이의 사랑에 빠지기도 하며 어느 순간에는 절망이 모든 것을 찢어버리거나 예기치 못한 불운 속에 죽음이라는 인생 이전의 장소로 돌아가기도 한다. 그들의 고통과 슬픔과 쓸쓸함이 다른 것처럼 그들이 같은 시공간을 살았다고 말할 수 없고 그들의 시간이 균질하게 흘러간다고 말할 수도 없다. 한 사람 한 사람이 우주라는 상투적인 비유를 얹어놓으면, 우주도 제 회로애락 속에서 무수히 생성과 파멸을 반복한다는 말이기도 할 것이다.

그러니 만남이란, 각자 다른 시공간을 가진 우주가 어느 한순간 한 지점에서 교차되는 일일 것이다. 한편 각자의 시공간이 하나의 시공간 속으로 수렴되어 사라지는 일일지도 모른다. 모르긴 몰라도 그로 인해 어떤 시간은 더 구부러질 것이고 어떤 공간은 더 늘어날 것이다. 새로운 우주가 탄생할 수도 있다는 것 또한 짐작 가능한 것이다. 물론 각자의 인생 속에서 말이다. 다만 시공간이 슬쩍 겹쳐지는 그때, 우리 삶 속에서 일어나는 폭발이 시작인지 끝인지는 알 수 없다. 정작은 그래서 우주라고 부르는지도 모른다. 도무지 알 수 없는 그 무엇 때문에.

●

　장례식장에 꾸며놓은 정원이라고 하기엔 아치 장식과 색색의 벤치가 좀 발랄한 느낌이지만 상주든 문상객이든 잠깐씩 마음을 쉬기에 나쁘지 않다고 생각했다. 택시가 검은 양복의 사내 둘을 내려놓고 아무 미련도 없다는 듯 장례식장을 떠났다. 죽음이 세상에 대한 미련을 장례식이라는 이름으로 거두어보려고 사람들을 모으는 듯했다. 제법 규모가 있는 장례식장이었지만 차려진 빈소는 두 개뿐이었다. 아는 사람일지도 몰랐다. 나는 자그마한 정원을 뒤로 돌아 외진 쪽으로 움직였다. 기억나지 않는 얼굴을 애써 기억하는 척하며, 웃기도 안 웃기도 민망한 인사를 나누는 게 어색했다.

　응급실로 돌아드는 건물 모퉁이에서 누군가가 담배를 피우려고 라이터를 켰다. 검은 머리카락과 상복이 어둠에 지워져 얼굴만 허공에 뜬 것처럼 환하게 드러났다. 현이었다. 안치실로 내려가는 계단 입구였고, 그 아래 어디쯤 모가 차갑게 누워 있을 거였다. 외벽에 잔뜩 들어선 병원 설비가 웅웅거리며 기계음을 내고 있었다.

　분향할 때 현은 내 얼굴을 똑바로 쳐다보지 않았다. 장례식장은 지극히 사적인 일을 온전히 공적인 것으로 바꿔놓는 곳이기도 해서, 현은 예의를 갖췄지만 그 이상을 표하진 않았다. 그렇다고 누구 하나 서운해하지 않는 곳이 또한 장례식장이었다. 나는 현에게 다 가갔다.

●

너 그 노래 좋아했잖아.

담배를 한 모금 깊이 빨아들이는가 싶더니 현의 목소리가 담배 연 기와 함께 뱉어졌다. 마치 이 말을 하기 위해 나를 기다렸다는 듯 인 사도 없이 그랬다.

제목은 모르겠는데, 우리가 사랑이라 부르던 아름다운 오해 속에 서 울고 웃는다는 가사였는데.

그러고는 콧소리를 흥얼거렸다. 장례식장이 아니었다면, 아니 고 인이 모가 아니었다면 웃으며, 여전하다고, 하나도 안 변했다고, 어 깨를 툭 쳐도 이상할 게 없을 것 같았다.

그다음에, 또다른 시간들을 남기며 표정 없이 어디에서든 잊혀진 다는 가사가 나오고.

담배 연기와 함께 노랫말이 밤공기 속으로 흩어졌다. 15년 만에 만난 현은 15년 전과 똑같은 투로 말했다. 어린 듯하지만 당당하고 또 조금은 엉뚱한.

아는 노래였다. 그러나 내가 그 노래를 좋아했었나, 떠올려보았지만 역시 내가 아니었다.

나는 현을 따라 안치실로 내려가는 계단에 앉았다. 안치실 입구는 깜깜했다. 계단 옆에 달린 소방등도 꺼져 있었다. 죽음은 더 갈 곳이 없으니까. 소방등이 필요할 리 없었다. 그제야 현은 안부를 물었고, 나는 내 이력을 짧게 읊었고, 다시 질문을 현에게 돌려주었다.

내가 코끼리문구에서 둘리지우개를 훔쳐서 엄마가 우릴 버린 줄 알고, 갖고 싶은 게 있어도 참고 하고 싶은 게 있어도 하지 않았거든. 그랬는데 아빠도 우릴 버리더라. 아빠를 좋아하진 않았어도 어른이 있으면 든든하니깐.

현이 어머니와 아버지 이야기 뒤에 보태지 않은 말이, 모가 든든했다는 것인지 모까지 자기를 버렸다는 것인지 알 수 없었지만, 모가 떠난 슬픔과 고통을 그렇게 표현하고 있다는 것은 알 수 있었다. 나는 추임새로 쓸 만한 말을 찾아보았지만 그런 말들은 내 머릿속에 들어 있지 않았다.

현은 멍하니 허공의 한 점을 보고 있었다. 담뱃불이 환하게 밝힐 때마다 현의 얼굴은 우물 속에 뜬 달처럼 흔들렸다. 어떤 두레박을 내려도 저 달을 퍼올릴 수 없다는 사실이 문득 몸의 홍수처럼 목까지 차올랐다.

●

하루는 기숙사 앞 화단에 핀 노란 꽃을 꺾어 갔다. 현이, 금계국이네, 말하기 전까지 나는 그렇게 생긴 꽃은 모두 국화인 줄 알았다.

난 노란색이 좋더라.

섭에게 사랑한다고 말하는 것은 많이 들었지만 현이 무언가를 좋아한다고 말하는 건 처음 들었다. 현은 금계국을 베지밀 병에 꽂아 창틀에 올려놓았는데, 나흘을 넘기지 못하고 고개를 떨구었다. 나는 사나흘마다 금계국을 솎아냈고 보충수업이 끝나기 전에 그 화단에서 금계국은 씨가 말랐다.

금계국을 가져갈 때마다 옅은 미소를 지을 뿐, 현은 나를 말리지도 내게 보채지도 않았다. 생각해보면 그게 내가 현에게 할 수 있는 고백의 전부였고, 그런 식의 모른 척이 현이 내게 할 수 있는 배려의 전부였다.

나 자신을 혐오할 수밖에 없는 때가 있다. 미래를 지키는 저 출세와 안락의 허깨비 병사들이 과거까지 찾아와 내 열망을 죽이고 이번 생을 점령할 때, 내 몸속에 갇힌 짐승 하나가 날카롭게 빛나는 이빨로 내 하루하루를 물어뜯는 것이다. 미래의 내가 저지르게 될 죄의 그림자가 지금 이 과거까지 드리워져 나를 흔드는 것이다. 나의 하루하루는 그 죄에 대한 형량이라고. 미래의 죄 앞에서 나는 속수무책이었다.

현은 안치실 계단에 담뱃불을 비벼 껐다. 빛의 부스러기들이 반딧불처럼 흩어지다가 이내 사라졌다.

살면서 내가 잘못한 일들이 죄다 나를 찾아다니다가 아무 잘못도 없는 모를 붙들었던 것 같아. 나를 평생 벌주려고 말이야.

현이 바투 세운 무릎에 이마를 대고 엎드리며 말했다.

당시 나는 미래를 위해서 누군가를 향한 마음을 죽였다. 나에게 도래하는 하루하루는 과거의 살해자인 것이다. 그러므로 내 미래가 계속되는 한 나의 죄는 끝없이 생겨날 것이다. 내 마음은 그 형량을 살아내기 위해 내 몸속에 갇혔는지도 모른다. 나는 당시 내가 죽인 현을 향한 마음이 황량한 이승을 배회하다 결국 검은 복면을 쓰고 현에게 뛰어들었는지도 모른다고 생각했다. 현이 느끼고 있는 잘못은 현의 느낌만도 현의 잘못만도 아니었다.

나는 아무 말도 하지 않고 현의 어깨에 손을 얹었다. 그게 내가 할 수 있는 고백과 배려의 전부였다.

익숙한 고통

●

　밤의 창가를 오래 지키다보면 알게 된다. 우리는 무언가와 결별하지 않고서는 그 실체를 만나지 못한다. 내 앞에 온 모든 것들은 상실을 통해서만 온전히 제 모습을 드러낸다. 아무리 소중하고 진귀한 것이라 할지라도, 여전히 내 것인 이상 우리는 그것의 절반조차 갖지 못한다. 말하자면 상실이 아닌 이상, 우리는 그것의 허상만을 보는 것이다. 사람도 사랑도 그 어떤 사물도 그것의 진짜 실체는, 그것이 품게 될 미래의 역사까지 포함된 형태로 존재하고 있어서, 만남과 이별 혹은 소유와 분실의 전 과정이 아니고서는 진짜 실체를 파악할 수 없다는 뜻이다.

　무언가를 온전히 갖는 일은 그 무언가를 열망하고 그 무언가로부터 무뎌지고 그 무언가를 상실하는 전 과정을 통해서만 가능하다.

나는 사다리차 두 대가 양옆을 나란히 당기며 향림스카이 옆면을 꽉 채울 만한 크기의 현수막을 옥상에서부터 아래로 펼치는 것을 오후 내내 지켜보았다. 미색 바탕에 고딕의 붉은 글씨로 두 줄의 세로 문장이 쓰여 있었는데, 그 두 줄의 사이즈 때문에 가까이서 그걸 읽는 사람들은 자연스레 고개를 두 번 끄덕일 수밖에 없었다.

유서 깊은 향림동 우석산 난개발 결사반대. 돈만 아는 주하원 시장 즉각 물러나라.

새 아파트가 들어오면 구옥은 집값이 떨어지니까 입주민들이 목숨 걸고 반대한다고. 현수막이 걸리기 한참 전이었지만, 처음 이 집을 보러 왔을 때 부동산 중개인이 쏟아낸 말들 중에는 지역의 크고 작은 현안에 관한 정보가 적지 않았다.

새로 짓고 매물이 생겨야 우리 같은 사람들도 먹고살지. 그리고 우석산이야 사실 향림스카이 설 때부터 망가진 거지 뭘.

편의점에서 정류장에서 산책로에서 만난 마을 사람들은 모두 친절하고 좋았다. 선함이 우세한 개인이라 하더라도 각자의 작은 욕망들이 모여 집단화되었을 때 한층 강렬해진 그 욕망이 만드는 언어와 행동은 분명 달랐다. 나는 부동산을 통한 재산 증식에 너나없이 혈안인 게 의아했을 뿐, 그것이 살아내는 일의 끔찍함을 적당한 분노로 가려놓는 일이라는 데까지 생각하지 못했다.

●

내가 먼발치서 바라본다면 수는 다가가 만진다. 만진다는 것은 자신을 내어주는 일이다. 스스로 그 관계의 상처가 되는 일이다. 그로써 자신을 투명하게 만드는 일이다.

대통령 선거가 끝났을 때였다. 도저히 용서할 수 없는 정당이 뉴타운을 내걸고 유권자의 탐욕을 부추겨 정권을 잡았을 때, 수는 그 정당을 지지한 가족에게 무척 화가 난 모양이었다. 결국 가족이 거주하는 남동쪽의 대도시까지 달려갔다. 수는, 적당히 좋게 좋게 넘어가려는 자신이 순간 비겁하고 비열하게 느껴졌다고, 그래서 달려갔다고 그리고 따졌다고, 매번 속고도 어떻게 또다시 그쪽을 찍을 수 있냐고, 몰아붙였다고 했다.

북서쪽으로 돌아온 수는 풀죽은 목소리로 말했다.

엄마가 얼굴을 먼 쪽으로 돌리며 중얼거리듯 말하는 거야. 뭔가 혼잣말 같기도 하고. 말을 해보라고 다그치던 차였기에 가만히 엄마의 입술을 봤지. 근데 엄마의 주름진 입술이 희미하게 내놓는 말이 이랬어. 그래도 익숙한 고통이 견딜 만하니까.

수는 자신이 뭔가 잘못 들은 줄 알았다고 했다. 그런데 이상하게 다시 물을 수가 없었다는 것이다. 그 말을 다시 들을 용기가 나지 않아서, 멍하니 엄마만 쳐다보았다고.

수는 그대로 고개를 숙이고 꺽꺽대기 시작했다.

나는 찌푸린 얼굴로 가족의 희끗한 머리와 주름으로 갈라진 목덜미를 멈춘 듯 쳐다보고 있었을 수를 떠올렸다.

수를 침묵 속에 빠뜨린 것은 분노가 아니었을 것이다. 슬픔이라고 말하기에도, 서글픔이라고 말하기에도 부족한 마음이 수를 잡아채고 놓아주지 않았을 것이다.

그렇게 이편과 저편이 서로 범람할 때, 인간은 뿌연 물길 속에서 생을 붙들고 허우적댈 수밖에 없다. 삶의 끔찍함은 상실과 실패와 좌절에 보태어 치욕이 단단하게 녹아 있다는 것이다. 우리가 파낼 수 있는 생의 감각이 어느 시간의 깊이에서 돌처럼 받쳐 쩽하게 울리는 것이다. 생각이 달라도 똑같이 춥고 똑같이 더운 것처럼. 마음이 달라도 맞으면 똑같이 아픈 것처럼. 똑같이 앓고 있는 저 쨍한 인생 때문에 우리는 서로를 내칠 수만은 없는 것이다.

성실한 배달부처럼 아침은 오고 어김없이 아이들은 우유갑에 남은 우유처럼 흘러나올 것이다. 하얗게, 그러나 머지않은 미래 속에서 냄새를 풍길 것이다. 그 냄새를 지우기 위해 다른 냄새를 찾을 것이다. 조금은 지독하게, 그러나 아마도 간절하게…… 지독한 만큼 간절하게……

어쩔 수 없이 우리는 이곳을 사랑하는 것이다.

제 몫의 시절

●

수의 고별 파티에 온 한 선배는 풀숲의 벌레들까지도 집중시킬 만큼 타고난 성량을 가지고 있었다. 말할 때마다 고기 집게를 흔들며 좌중을 지휘해서 저편에서 말해도 이편까지 다 들렸다. 공간에 대한 품평에서 시작해 미술계의 온갖 처세를 거쳐 고기 굽는 요령까지 섭렵한 그의 이야기는 자녀 문제까지 이어졌다. 자신과 말도 잘 섞으려 하지 않고 제 방에서 나오질 않는 것도 거슬리는데 일기장에 '죽음'이란 단어를 써놓았다며 걱정했다. 선배는 이른 사춘기를 맞이한 자녀의 버릇없음을 대놓고 나무라야겠다고 화를 내기도 하고 혹여 자녀가 잘못된 선택을 하게 되진 않을지 걱정하기도 하며 처음인 부모 역할에 열정과 당혹감을 동시에 내비치고 있었다.

내가 땔감을 가지고 가자 뉴 페이스에게 물어보자는 심산이었는지 대뜸 그 녀석을 어떻게 하면 좋겠느냐고 물었다. 일전에 수의 전시회에서 본 적 있는 사람이었지만 수의 선배라 여전히 조심스러웠고 자기 일 아니라고 쉽게 말한다고 생각할지 몰라 그렇게 화낼 일도 크게 걱정할 일도 아니라고 말하지 못했다. 대신 웃으며, 자녀의 일기장을 보지 않는 게 방법이라고 말해주었다. 그게 더 실례로 비칠지도 모른다는 생각은 하지 못했다. 다만 필요한 말을 농담처럼 건네는 거라고 가볍게 여겼다. 선배는 딱히 자신의 잘못을 인정하는 것 같진 않았지만 나보다 더 크게 웃으며, 그게 정답이라고 말하고는 주제를 다른 쪽으로 돌리는 것으로 내심 언짢은 기색을 드러냈다.

부모의 일이라면 아마도 나는 영원히 알 수 없는 영역일 것이다. 그러니 그저 짐작만 할밖에. 도리어 나는 여전히 부모의 입장보다는 아이의 입장에서 모든 일을 바라보는 게 더 익숙한 편이다. 어른들이 세상 물정을 좀 알고 순응하거나 잘 대처하는 것을 두고 철들었다고 말하는 것과 달리, 아직도 나는 세상과 어긋난 마음이 많고 그 물정 앞에서 헤매는 일이 잦으니까. 그래서 어떤 근심의 무게와 삶의 깊이에 대해 비록 무지한 처지지만, 미성년으로 머무는 것이 꼭 나쁘다고 생각하지는 않는다. 철들지 않아서 혹은 아이 같아서 보게 되는 진실도 세상에는 있으니까 말이다.

하지만 왠지 나는 알 것만 같았고 도리어 그 자녀를 더 응원해주고 싶은 마음까지 들었다. 나도, 우리도 자녀였기 때문이다. 세상을 조금씩 알게 되면서 아니, 살아보기도 전에 정해진 길이 있다는 것을 알게 되면서 삶과 죽음, 인생의 숱한 이유들에 대해 묻고 또 물었던 적이 있기 때문이다. 그랬다. 우주의 끝으로 뻗어나가 삶과 죽음에 맞서 싸우는 마음에게 다른 일들이 중요할 리 없었다.

살아갈수록 우리의 우주는 점점 작아져서 한 채의 집이 되고 한 장의 명함이 되어버렸으니, 많이 살았다고 큰 생각을 갖는다는 말은 거짓이다. 그러니 저 우주 속에서 삶과 죽음의 비밀 가운데를 헤매는 자를 억지로 끌어내려 안일한 지상에 가둘 필요도 또 가둘 수도 없을 것이다. 지금 우리가 조금은 슬픈 느낌으로 하루를 사는 것처럼 사춘기의 그 자녀도 언젠가는 자신을 지나갔던 소중한 순간조차 잊을 날이 오겠지만, 잊어버릴 순간이라고 해서 없어도 좋은 시절은 아닐 것이다. 모든 시절은 제 몫을 다하며 지나간다. 그 앞에서 우리는 응원단원이 되거나 도리어 우리가 잊거나 놓친 무언가를 발견하기 위해 애써 배우는 자가 되어야 한다.

●

이제는 땔감이 된 작품에 수는 처음 '자아'라는 이름을 붙였다. 나중에는 '관계'가 되었다가 다시 '기억'을 거쳐 최종적으로 '문'으로 결정되었다.

수는 자신을 이루고 있는 게 무엇인지 표현하고 싶었다. 마침내 그 무엇이 자신을 거쳐간 수많은 사람이라는 결론에 다다랐고, 그들은 자신을 열고 들어왔고 또 나갔다. 말하자면 인간은 서로에게 문인 것이다. 들어오는 동시에 나가는 존재들. 자신에게 왔다고 하더라도 자신을 대체하는 것은 아니니까. 결국 그들은 매 순간 '나'라는 문을 열고 들어왔다 나가는 존재이고, 그것을 보여주는 작품은 마침내 닫힌 문으로 남는 것이다.

그래서 수는 실제 문에 자신이 거쳐온 사람들의 모습을 실물 크기로 그려넣었다. 한 해에 한 명씩. 나름은 그해 자신에게 가장 중요했던 사람을 그렸는데, 자신이 태어난 첫해의 어머니부터 지난해의 나까지 총 서른두 명이었다. 그리고 다시 본래 문이 가진 색으로 덧칠함으로써, 자신이 그들을 지나왔음을 표현했다. 결국 수의 작품은 문을 이용해 문을 남기는 작업으로 완성되었다.

평범한 문에 불과했다. 기획 의도에 대한 설명이나 문마다 붙은 인물에 대한 정보가 없다면 집에서 흔히 볼 수 있는 문 서른두 개가 일정치 않은 선을 따라 쭉 서 있는 것이 전시의 전부였다. 누군가가 첨단 장비를 이용해 투시하기 전에는, 그래서 채색 밑에 가려진 바탕 스케치를 연구하기 전에는, 마치 그 내면에 아무리 큰 비극과 고통이 들어 있어도 평범한 일상을 가진 듯 보이는 사람처럼, 그 문은 아무것도 보여주지 않았다.

보이는 것이 전부가 아닙니다.

큐레이터가 수의 작품에 단 소개글 제목이었다. 전시장에는 제작 과정에 대한 친절한 해석을 곁들인 영상이 영어와 한국어로 상영되었다. 따지자면 수의 작품은 개념미술의 성격이 강한 설치미술이었고, 미디어 아트까지 결합된 형태로 전시되었다. 전시는 관람객 각자가 가진 경험과 화학작용을 불러일으킨다며 비교적 호평을 받았다. 테크놀로지에 의존해 자신의 의도를 손쉽게 표현하거나 개념에 대한 의미만 부각시키는 방법을 택하지 않고 묵묵히 긴 시간을 바쳐 아날로그적 결과물을 만들어낸 데 높은 점수를 주는 사람이 많았다.

●

　그러나 그런 칭찬이 수의 앞날에 결정적인 역할을 할 만큼 압도적인 평판으로 자리매김되진 못했고, 오래 기억되지도 못했다. 그날의 파티에서도 그랬다. 각각의 문에 해당되는 대상 인물의 정보와 그에 따른 설명은 이미 떼어진 채였고, 전기톱으로 잘게 잘리기까지 해서 한때의 작품은 이제 그 작품이 가졌던 세계를 완전히 상실한 채 툭툭 불 속에 던져졌다. 그렇더라도 그 불길 속에 내가 타고 있다는 사실만큼은 왠지 생생하게 체감되었고 그로 인해 나는 고별 파티 내내 묘한 느낌에 휩싸여 있었다. 어떤 시간이 사라지고 있었다.

　그렇게 모든 시간은 사라진다. 하지만 사라진다고 해서 애초부터 없어도 좋을 시간은 없다. 그 문은 꼭 그 시간에 그 자리에 있어야 한다. 수를 거쳐간 사람들의 불길로 고기를 굽고 그 고기를 지금 수에게 도착한 사람들이 나눠 먹고 있는 풍경이 사람과 사랑, 관계와 그 모든 것으로서의 삶에 대한 은유처럼 느껴졌다.

고독의 상형문자

●

　처음 수는 작품 이름을 결정하지 못해 애를 먹었다. 기껏 결정해 놓고 다음날 다시 고민에 빠지곤 했다. 어느 것도 성에 차는 게 없었다. 나는 아무 이름이나 붙여도 다 어울린다고 딴에는 칭찬을 했지만, 수의 시무룩함을 물릴 수는 없었다. 나는 기왕이면 관객들이 이해하기 쉬운 이름이면 좋겠다는 말로 결정을 도우려 했으나 수는 달랐다.

　작가는 말이야. 관객이나 독자들을 생각하는 것만큼이나 관객이나 독자들을 생각하지 않는 것도 중요해.

　그리고 이 작품만을 말할 수 있는 이름, 이 작품이 아니면 안 되는 이름, 이 작품이 전부고 전체라서 어떤 정의도 설명도 이해도 필요 없는 그런 이름이 필요하다고 했다. 그렇게 말하는 수는 외로워 보였다.

세상의 정의와 설명과 이해를 모두 물린 채 유일한 전체로 남는 이름을 구하는 것이 그런 존재가 되는 것과 다르지 않게 느껴졌다. 이 세상의 유일한 전체로 남는 일은 외로울 수밖에 없다. 그래서 예술가는 자신의 고독과 마주하는 자들이고, 그것은 온전히 어둠이 내린 세계에서 자신의 알몸을 바라보는 일과 비슷한 느낌을 줄 거라고 생각했다.

●

수와 나는 만남 1주년을 기념해 떠났던 여행지에서 처음으로 밤을 같이 보냈다. 어색함을 미소로 가린 채 수가 욕실 문을 열고 나왔을 때, 나를 사로잡았던 기분을 여전히 표현하기 어렵다.

수의 몸을 보는 순간 나는 갑자기 외로워졌다. 수를 안고 싶은 욕망으로 뜨겁게 달아올랐던 내 몸에 비릿한 슬픔 같은 게 스쳤다. 아름다웠다. 그러나 한 아름다움이 가진 절대성이 나머지 모든 의미를 앗아갈 때 겪게 되는 고독감과는 달랐다. 마치 인간의 근원적인 고독을 가리기 위해 옷을 입고 다니기라도 했던 것처럼, 아무것도 걸치지 않은 수의 몸은 고독이라고 써놓은 신의 상형문자 같았다.

세상의 정의와 설명과 이해를 모두 물린 오직 유일한 전체로 남아 있는 그 몸 말이다.

나는 수가 욕실에서 나오기 직전까지 내 몸을 뜨겁게 데웠던 욕망과 전혀 다른 이유로 수의 몸을 꼭 안았다. 그리고 오랫동안 그대로 있었다. 발가벗은 두 몸은 하루하루 지나온 시간 속에서 각자가 잃어버린 것들을 대신해주고 있는 것 같았다. 포옹과 섹스의 매 순간 뭔가 한없는 것이 지나가는 듯한 느낌이었다. 그렇게 지나가버리고 마는 그 한없는 것의 정체가 어쩌면 이름조차 가닿을 수 없는 곳에 오롯이 외롭게 살고 있는 자기 자신일지도 모른다고 생각했다.

포옹이, 섹스가 각자를 온전한 한 인간으로 남기는 것이라면, 상대의 몸을 빌리지 않고 자신의 몸속에서 인간을 캐내는 작업이 바로 예술일 것이다.

그러므로 예술은 비상한 천재들의 내면에 고유하게 자리한 무언가가 아니라, 우리가 살아내야 할 평범한 일상을 오로지 한 인간의 평범함으로 통과하며, 먹고 마시고 쓰러지고 다시 일어나 바라보면 거기 꼭 그만큼 닳아져 있는, 그 몸에 대한 기록과 다르지 않을 것이다. 내게 온 시간의 유일한 전체를 보여주는 그 몸. 그러니 글을 쓰고 그림을 그리고 음악을 연주하는 그들은 끝내 외로울 수밖에 없다.

어쩌면 이 세계에 시인이나 화가가 필요한 이유가 또한 그것일지도 모른다는 생각이 들었다. 우리 몸이 이 지리한 삶과 메마른 세계 속에 숨겨놓고 있는 저 외로움과 괴로움과 쓸쓸함을 보이는 것으로 만들어주는 것 말이다.

여름의 끝

●

　여름방학 내내 나는 모의 집에서 살다시피 했다. 눅눅하고 퀴퀴한 기숙사에는 취침 점호에 맞춰 간당간당하게 들어갔다. 방학중에도 기름기 없는 학식을 먹고 싶진 않았다. 모와 현 덕분에 향수병이라고 해야 할까, 집에 가고 싶다거나 가족이 보고 싶다는 생각도 거의 들지 않았다. 솔직히 말하면, 그 또래 친구들이 대체로 그렇듯 나역시 가족은 뒷전이었다. 가족보다 더 중요한 게 있었으니까.

　당시 내 머릿속은 젊음이 촉발시킨 생각들, 이를테면 삶과 죽음, 사랑과 우주에 대한 질문으로 가득차 있었다. 우주와 세계에서 삶과 직장으로, 주택 구입과 승진으로, 다시 자동차로 점점 쪼그라드는 어른들의 고민에 동참할 수 없었다. 그러나 그 답은 멀지 않은 곳에, 우리 가까운 곳에, 어쩌면 우리 몸속에 있는 게 틀림없었다. 그런 큰 답을 품고 있지 않고서야 우리가 이토록 괴로울 리 없었다. 그래서 우리는 몸을 가만히 두지 않았다. 걷고 싶으면 걸었고 뛰고 싶으면 뛰었다. 강물에 돌을 던지거나 돌처럼 뛰어들었고 새벽 둑에서 밤새 노래를 불렀다.

●

모는 아침 일찍 시골집에 가고 없었다. 방학이 끝나가는 아쉬움을 달래기 위해 나는 가방 가득 맥주를 담아 마을버스를 탔다. 마을 어르신들이 정자나무 아래 대나무 돗자리를 깔고 오침중이었다. 산이, 들판이, 푸르게 출렁여서 돗자리는 꼭 바다 한가운데 떠 있는 돛단배 같았다. 도착하자마자 대자로 대청마루에 드러누웠다. 목덜미를 타고 땀이 기분 좋게 흘러내렸다. 모는 보이지 않았지만 뒤뜰에서 인기척이 났다. 나는 냉장고에 맥주를 쟁여 넣고 대청마루를 내려왔다.

장독대를 돌아가자 앞마당의 족히 너덧 배는 될 만큼 넓은 뒤란이 나왔다. 밤나무, 호두나무, 사과나무, 모과나무, 대추나무 등 온갖 과실수가 군데군데 서 있었고 어느 해 태풍에 쓰러졌는지 호두나무는 누운 채로도 파랗고 동그란 호두를 올망졸망 매달고 있었다. 과수원과 집 사이에 얕은 대나무밭이 있어서 뒤란을 병풍처럼 감싸고 있었다. 바람에 싸르륵싸르륵 소리를 냈다. 해는 대나무 꼭대기에서 푸른 잎에 쓸리느라 짐승의 거친 털처럼 넘실대고 있었다.

뭘 태워?

일기장.

일기장?

돌 하나를 깔고 앉아 모는 간간이 흐르는 땀을 훔치며 붉은 가죽을 덧댄 노트를 한 장씩 찢어 모닥불 속으로 던져넣고 있었다. 여름의 열기 속에서 모닥불은 흰 연기를 지피며 맹렬하게 몸부림쳤다. 나는 한 걸음 물러날 수밖에 없었다.

왜 일기장을 태워? 물었지만 모는 대답하지 않았다. 그러고 싶을 때가 있을 것이다. 그때는, 그때의 우리는, 다들 이해하는 일을 이해할 수 없었고, 다들 이해할 수 없는 것을 이해할 수 있었다. 나는 뒤쪽으로 빠져 쓰러진 호두나무 위에 앉아 조용히 그 모습을 지켜보았다.

이제 햇살은 대나무 꼭대기에서도 자신을 거두어갔다. 그러나 해가 다 져버린 것은 아니어서 저 너머 어딘가에서 하루의 남은 빛을 자아서는 조금씩 흘려보내는 듯한 미명이 계속되었다. 그 순간엔 빛과 어둠이 나무와 풀과 돌을 투과하고 있는 것 같았다. 빛도 아니고 어둠도 아닌, 둘 다이면서 둘 다가 아닌, 내가 알지도 또 모르지도 않는 한 세계를 보여주고 있었다.

누가 어둠을 가는 체로 쳐서 조금씩 흘려보내는 것처럼, 어떤 시간이 모의 일기장이 만드는 불꽃 속에 사그라지고 있었다. 불꽃은 바닥에서 뒤척이는 나비 날개처럼 환하게 피어오르다 제 관절을 모두 꺾고 풀썩 주저앉아 알 수 없는 잿빛 속으로 숨어들었다. 모의 얼굴에 불빛이 어른거렸다. 활자로 머물던 마음이 마지막으로 모에게 다녀가는 듯했다. 날아오른 재가 저녁 어스름에서 떨어져나온 조각처럼 공중에 떠 있었다.

모든 순간은 영원으로 이어지는 통로를 가지고 있는지도 모른다. 그러나 그 순간, 희미하게 비쳤던 그 영원은 신비가 아니라 슬픔이었다.

●

넌 대학 어디 가고 싶어?

작정하고 물었던 건 아니고 불쑥 말이 나와버렸다. 실수였다. 언제나 그렇듯 술이 과했다. 모와 내가 좀처럼 하지 않는 이야기였다.

모에게는 간단치 않은 질문이었다. 대학을 간다는 건 소읍을 떠난다는 말과 같았다. 범처럼 다시 소읍으로 돌아오는 경우도 종종 있었지만 대개는 대학을 졸업한 도시에서 취직을 하고 그곳에 눌러 사는 게 보통이었다. 그때부터 소읍은 소읍이 고향인 이들에겐 명절 때 찾는 곳이 되고, 소읍이 타지인 이들에겐 영영 타지가 된다. 모에게 대학 진학은 현과 섭과 함께 살거나 떨어져 사는 일 중 하나를 선택하는 것과 같았다. 당장 소읍의 생활을 정리하고 모가 갈 만한 대학이 있는 도시에 집을 구해 이사를 가는 건 모네 아버지의 결정이 있어야 가능했다. 자신이 어떤 결정을 하더라도 현과 섭을 힘들게 만들 수밖에 없다는 것을 모는 잘 알고 있었다. 아마도 함께 사는 것을 택한다면 현이 모에게 갖게 될 미안함이, 따로 사는 것을 택한다면 모가 갖게 될 현과 섭에 대한 미안함이, 일상의 힘겨움보다는 더하겠지만 말이다.

대청마루 대들보에 매단 백열등에 흰 나방이 날아들어 작은 날파리들과 함께 어지럽게 돌고 있었다. 모는 못 들은 척 다른 이야기를 꺼내 느릿느릿 한참을 이어갔지만, 나는 그 질문을 한 스스로에 대한 원망과 후회 때문에 모의 말에 집중할 수가 없었다. 가만히 있어도 상체가 흔들릴 정도로 취기가 오른 탓도 있었다.

너는 왜 고민을 안 털어놔? 힘들면 힘들다고 말해!

나는 일부러 조금 크고 단호하고 화가 난 듯 말했다. 그게 친구잖아, 라는 말은 갑자기 넘어온 트림 때문에 말미에 제대로 붙이지 못했다. 어리석은 사람들은 자신이 한 실수를 만회하기 위해 더 큰 실수를 저지른다. 그러면 적어도 이전 실수는 덮을 수 있다. 그날 내가 그랬다.

모는 피식 웃으며, 너나 마음 좀 털어놔! 하고는 막걸리를 들이켰고 그게 끝이었다.

대청마루에 그대로 쓰러져 까무룩 잠이 들었던 모양이다. 밤중에 깼을 때, 먹다 남은 과자 봉지 위에서 모와 나의 손이 겹쳐져 있었다. 왠지 다행이라고 생각했다. 군데군데 피워두었던 모기향 흰 재가 동그랗게 떨어져 있었다.

_____

아무도 모르는

●

　장례식장 입구가 사람들로 붐볐다. 늦은 시간이었지만 비어 있던 빈소에 고인을 모시는 모양이었다. 안치실 계단에 불이 켜지는가 싶더니 삐걱, 소리를 내며 문이 열렸다. 고인이 드나드는 문은 건물 앞쪽에 따로 있었고 이쪽은 장례식장으로 통하는 샛문이었다. 한 무리 가족이 서로를 부축하며 올라왔다. 현과 나는 자리에서 일어나 길을 터주었다. 그들은 간간이 신음 같은 울음소리를 흘렸지만 아무 말도 없이 우리를 지나쳐 건너편 장례식장 사무실로 들어갔고, 조금 후 상복이 든 종이백을 들고 나왔다. 그중엔 오늘 낮에 본 사람도 있었다.

택시기사는 나를 응급실 앞에 내려주었다. 응급실 입구 한쪽 기둥에 L자 모양의 화살표가 장례식장을 가리키고 있었다. 화살표를 따라 움직이려고 할 때, 누군가가 응급실에서 나와서는 방금 내가 내렸던 자리에 풀썩 주저앉았다.

부축하려고 다가가던 나는 그 자리에 멈춰 서고 말았다. 그가, 인생이 이런 거냐고, 이런 게 인생이냐고, 외치기 시작했기 때문이다. 그는 자신의 가슴을 내리치다가 쥐어뜯기를 반복했다. 그의 울부짖음이 응급실에 들어가던 사람과 응급실에서 나오는 사람 모두를 불러세웠다.

잠시 후 간호복을 입은 중년 여성이 달려나왔고, 이어서 검은 신사복을 입은 젊은 남성 두 명이 뛰어왔다. 간호복을 입은 중년 여성이 그의 등을 쓸어주었다, 그 심정 다 안다고. 신사복을 입은 젊은 남성이 그를 이끌었다, 이러면 안 된다고. 그저 지나가던 나는 그 사연을 알 길 없었지만, 눌러 참는 울음이 꺽꺽 토해놓는 것이 고통인 것만은 알 수 있었다. 그 심정 다 안다고, 이러면 안 된다고, 말하는 사람들이 그를 데리고 사라졌다.

그러나 고통은 '아는' 것이 아니라 '오는' 것이다. 아는 자에게 바다는 물에 대한 정의로 이해되겠지만, 헤엄치는 자에게 바다는 자신을 휘감아오는 물결이다. 머리 위로 덮쳐오는 파도는 안다고 해서 비껴가지 않는다. 두번째 세번째 파도라고 해서 무뎌지지 않는다. 고통은 영원히 젊어서 그게 누구든 아이처럼 주저앉아 울게 만들 수 있는 것이다.

●

너 몰랐지?

현이 건너편에서 시선을 거두며 물었고, 담배를 꺼내 물며 내용을 보탰다.

너 좋아한 거.

나도 모르게 현 쪽으로 고개를 돌렸다. 놀란 모습이 우스웠는지 현은, 나 말고 모가 말야!라고 말하며 웃었다. 나도 따라 웃으며 민망함을 숨겼다.

현은 웃음소리를 헛기침으로 짧게 거두면서 말을 이었다. 현은, 모가 자기의 일을 다 나의 일로 이야기한다는 걸 알고 있었다고 했다. 모는 자신이 좋아하는 노래를 부를 때뿐 아니라 강물에 뛰어들거나 술을 마신 이유까지 자기 일을 내 일처럼 말하고 내 일을 자기 일처럼 말했다고. 현은 거기까지 이야기하고는 더는 말을 보태지 않았다. 이 세상에서 모를 가장 잘 아는 사람은 현일 것이다. 가장 가까이서 가장 오랫동안 모와 현은 오직 서로만 의지하며 살았으니까.

나는 뜻없이 고개를 끄덕이며 모가 왜 그랬을까 생각해보았다. 하지만 모가 지금 내 앞에 있다 하더라도 나는 이유를 묻지 않았을 것이다. 나를 그만큼 만만하게 여겼다거나 아니면 좀 근사하게, 자신의 이유를 대신할 또다른 자신이 필요했고 그게 나였을 거라고 생각하면 간단했지만, 그렇게 간단한 게 아니란 것쯤은 알았다. 모가 나에게 말하지 않아서 또 내가 모르기를 원해서 그 이유가 더 특별할 거라 짐작되는 것처럼, 끝까지 특별한 짐작으로 남겨두는 것도 나쁘지 않다고 생각했다.

모도 자기를 몰랐어.

현의 목소리는 애써 들고 있던 짐을 젖은 바닥에 내려놓는 것처럼 힘없이 떨어졌다.

마음은 묘하다. 아무것도 모르겠는 것이 한순간 다 알겠는 것이 되기도 하고, 다 알고 있다고 생각했던 것이 전혀 모르는 것이었던 경우도 있다. 봄 날씨보다 빠르게 변하고 어떤 기적보다 더 놀라운 것들이 다녀간다. 내 몸이 하나의 블랙홀일지도 모른다는 상상은 오직 내 몸속에 저 마음이 들어 있다는 사실을 통해서 가능해진다.

나는 모를 전혀 모르고 있었다. 그런데 모도 자기를 몰랐다는 그 한마디에, 순식간에 모를 다 알게 된 것 같은 기분이 들었다. 그것이 이상하게 나를 고통스럽게 했다. 왠지는 몰랐다. 다만 그 순간, 고통은 내가 나 자신을 속이지 않고 확인할 수 있는 유일한 진실이었다.

몰랐던 게 다행인 것 같아. 알면 망하거든. 나처럼.

흘리듯 툭 뱉고서, 현은 다음 말을 잇지 않았다.

중년 부인이 섭의 손을 잡고 밖으로 나오는 게 보였다. 아마도 섭이 주전부리를 하고 싶다 보챘을 것이고 새어머니는 병원 매점을 떠올렸을 것이다.

현은 말없이 섭을 지켜보며 담배 연기를 깊이 빨아들였다. 담뱃불에 드러난 현의 얼굴은 물이 한꺼번에 빠져나간 호수처럼 쾡한 바닥을 드러내고 있었다.

●

자신이 누구인지, 자신이 진정으로 원하는 게 무엇인지, 저 내면으로부터 솟구쳐오르는 진실된 욕망이 무엇인지 몰라야 한다. 그저

이 삶의 방식 위에서 허락된 것들을 추구하고 또 만족하며 살면 좋을 것이다. 봄엔 봄볕 때문에 웃고 여름엔 여름옷을 고르다 웃을 것이다. 그러나 제 몸속에서 조용히 끓고 있는 것의 정체를 아는 순간 우리는 이 세계의 부질없음과 싸워야 한다. 그동안 내가 알고 있던 세계의 허구와 위선, 세계가 내게 준 거짓 욕망이 불길 지나간 들판 위에 찬비처럼 지져진다. 자신의 열망을 알아버린 삶은, 날마다 죽음의 모포를 덮고 남은 잠을 악몽으로 치를 것이다. 그러니 최선을 다해 외면해야 한다. 그러나 문제는 이런 식의 깨달음은 늘 어떤 열망이 자신을 끝까지 소진시킨 다음에야 찾아온다는 것이다. 인생은 그 깨달음을 적용할 다음 기회를 주지 않는다.

때문에 누구도 비난해서는 안 된다. 그들의 고통을 안다고 말해서도 안 된다. 내가 피해간 그 고통을 피하지 못한 어리석음을 탓해서도 안 되고, 내가 참아낸 유혹에 헤프게 매혹되었다고 매도해서도 안 된다. 운명이 자신의 모습을 드러내는 곳에는 단 하나의 이유만이 등불처럼 인생을 켠다.

너였지만 아닌

●

수의 고별 파티는 밤늦도록 이어졌다. 한 무리씩 사람들이 떠나기도 하고 뒤늦게 합류하기도 했다. 여성과 소수자, 장애인 등 차별과 인권을 둘러싼 정치적 이슈에 대응하기 위한 예술가들의 연대체가 꾸려지고 활발히 활동하고 있다는 것을 나도 알았다. 개인적인 친분이 미약해도 그 네트워크를 통해 무람없이 어울리는 분위기가 예술계 안팎에 퍼져 있었다. 그때 분주하게 움직였던 수의 모습을 떠올려보면, 성실함은 차라리 수의 재능에 가깝다고 해야 했다.

호스트도 게스트도 아닌 나는 홀을 담당하는 지배인처럼 혹여 필요한 게 있는지 사람들 사이사이 이곳저곳을 기웃거렸다. 불이 만드는 그림자가 들판을 이상한 춤으로 펼쳐놓아서 마치 현실과 비현실이 공존하는 시간 같았다. 아예 따로 모닥불을 지핀 무리도 있었다.

●

　화단 경계석으로 쓰던 돌 몇 개를 모아 작은 화덕을 만들고 철망을 얹어 고기를 구워먹는 무리는 유난히 즐거워 보였다. 작업실 처마에 높이 달린 조명이 거의 닿지 않는 곳이었다. 몇 발자국 다가가자 그들의 이야기가 선명하게 들렸다.

　금고에 구워먹는 고기 맛있었는데.

　한 사람이 말하자 다른 사람이 크게 웃으며 맞장구를 쳤다.

　제목이 '돈과 돈(豚)'이었나.

　부자들 요리법이냐며 묻는 사람까지 합세해 '금고 구이' 이야기가 흥겹게 이어졌다.

　미대로 유명한 남쪽의 한 대학에서, 일반 가게에서 흔히 볼 수 없는 작은 금고 모양의 불판에 삼겹살을 구워먹는 퍼포먼스를 했던 늦깎이 미술학도가 있었던 모양이었다. 그게 물질 시대에 인간의 육체가 처한 현실을 보여주는 작품으로 지금도 동문들 사이에서 회자되고 있다고. 어느 집단이나 하나씩은 전해지는 전설 아닌 전설 같은 이야기였는데, 그 주인공이 여기 있다며 처음 이야기를 꺼낸 사람이 다부진 몸에 덥수룩한 머리를 가진 남자를 가리켰다.

가리키는 데로 무심히 고개를 돌리던 나는 순간 굳어지고 말았다. 간이 의자에 기대앉아 멋쩍은 표정을 짓고 있는 얼굴은 모였다. 부드럽게 자리잡은 콧날에 웃을 때 하얗게 빛나는 이가 유독 도드라지는 얼굴이 불 그림자 속에 어른거렸다. 짙은 눈썹과 크진 않지만 선명하고 선해 보이는 눈, 둥근 얼굴선까지 좀 마른 듯했지만 틀림없었다. 열아홉 모의 얼굴이 서른을 넘기면 영락없이 저 얼굴이 될 것 같았다.

둔탁하고 무거운 경직이 온몸에 퍼졌다. 여남은 걸음이면 모에게 닿을 거리였지만 발이 움직이지 않았다. 이유 없는 당혹감과 망설임이 나를 선 채로 바닥에 박아놓은 것 같았다. 모가 아닐지도 몰랐고, 설령 모라고 하더라도 마음의 준비가 필요한 법이라고, 나는 망설임의 이유를 찾고 있었다.

●

그때, 메인 화로 쪽에서 작은 소란이 있었다. 문은 각재와 합판으로 되어 있는데, 합판에서 일어난 거스러미에 누군가가 손을 다친 모양이었다. 수가 숙소에서 응급 키트를 갖다달라며 나를 불렀다. 나는 수에게 짧게 답하고 다시 모를 쳐다보았다. 그때 소란한 쪽을 보기 위해 고개를 돌리던 모와 잠시 눈이 마주쳤다.

나와 눈이 마주친 모는, 그러나 모가 아니었다. 조금 전까진 모였는데 이제는 다른 사람이었다. 아무 근거도 없이 나는 그렇게 확신했다. 내 마음이 그것을 원했던 것일지도 모르지만 나는 잠시 모가 아닌 사람을 모로 착각했다고 믿었다. 어른거리는 불빛이 순식간에 한 사람의 얼굴을 지우고 다른 사람의 얼굴을 그 자리에 붙여놓은 것처럼 느껴졌다. 그때 나를 휩쓴 것이 아쉬움이었는지 안도감이었는지 헷갈렸다.

조금 전까지 모였다가 지금은 모가 아닌 사람이 미소를 머금은 채 나에게 눈인사를 건넸다. 나는 고개를 살짝 끄덕여 보인 뒤 숙소로 쓰는 건물로 발걸음을 옮겼다.

다행히 간단한 응급조치만으로 충분한 상처였다. 그 소란이 각성제가 되었는지, 사람들은 너나없이 자리를 정리하기 시작했다. 다음날 일정이 있다며 서둘러 떠나는 무리가 있었고 마지막까지 수와 나를 거드는 무리도 있었다. 모였던 사람은 보이지 않았다.

고고학자이며 시인인

●

　시간을 이기고 그 자리에 남는 것들을 사랑하는 사람은 고고학자
가 된다. 시간과 함께 영영 사라지는 것들을 사랑하는 사람은 시인
이 된다. 시간은 그렇게 갈라지는 사랑을 증명하기 위해 인간을 도
구로 사용한다. 그러나 남아 있는 것들은 사라지고 사라진 것들은
돌아온다. 사랑은 같은 자리에 없다.

　사랑에는 언젠가 끝나고 말 운명과 그것이 남길 상처에 대한 각
성이 미리 도착해 있다. 사랑에 빠진 자는 유리잔 속에 감춰진 금들
을 벌써 보고 있어서 달콤한 술에 취해 있는 순간에도 깨진 유리 위
를 맨발로 걷는 상상을 놓을 수 없다. 사랑을 조여왔던 불안이 마침
내 파국을 불러왔는지 사랑이 필연적으로 맞게 될 파국이 앞서 불

안을 잃게 했는지 알 수 없지만, 그렇기에 사랑은 그 시작과 끝이 서로를 껴안고 만드는 소용돌이처럼 유유히 흘러가는 생을 일순 정지시키고 돌이킬 수 없는 구멍을 낸다.

그러나 불안이 꼭 무용한 것만은 아니다. 불안은 거칠게 소용돌이치는 '사랑의 중력' 복판에서 여전히 흘러가는 '생활의 관성'을 동시에 감당하는 엇갈린 예감이다. 소용돌이치는 저 사랑을 자신의 인생 복판에 붙들어매기 위한 과정인 것이다. 어쩌면 저 불안으로 인해 사랑은 '숙명'이라는 말을 거느리게 되었는지도 모른다.

사랑이 숙명적인 이유는, 다른 무엇과도 바꿀 수 없기 때문이다. 만약 다른 무엇으로 바뀌어도 상관없다면 그것은 결국 아무것도 아닌 것과 같다. 교환 가능한 것들의 자리는 사실 텅 비어 있다. 사라질 것도 돌아올 것도 없다. 우리는 가족들의 추억을 간직한 집을, 젊은 열정으로 꽉 찬 학교를, 관계 속에서 만난 사람까지 가급적 비싸게 교환할 수 있다고 느낄 때 비로소 안도하지만, 그것이 아니어도 상관없는 것들은 그 자리에 없어도 상관없는 것이며, 그 자리에 있어도 없는 것이나 마찬가지일 뿐이다. 사랑을 지워낸 안정과 안락, 여유 속에는 인생이 없다.

그래서 교환할 수 없는 것들을 지키는 사람들은 언제나 불안하다. 고고학자이면서 시인인 사람들. 그들은 대개 일생을 떠들어도 모자란 이야기를 가지고 있지만 이제 아무 말도 하지 않는다. 아무도 그들의 아름다움을 건드려 하지 않기 때문이다.

영원히 깨지고 있어서

●

　수와 박물관에 간 적이 있다. 수는 이 세계의 공간에 수평으로 펼쳐져 있는 미술관을 이 세계의 시간에 수직으로 세워놓은 것이 박물관이라고 말하며 성호를 긋듯 허공을 그었다. 이 도시 여기저기 널려 있는 미술관에 전시된 작품들 중 대부분은 사라지고 기어이 살아남은 것들이 이렇게 박물관으로 온다는 말도 덧붙였다.

　수의 논리로 따지면 식탁도 미술관이나 다름없었다.

　생각해봐. 그냥 국을 끓이기만 할 거면 왜 예쁜 냄비가 필요하고 그냥 담기만 할 거면 왜 예쁜 그릇이 필요하냐고. 실용성과 심미성의 비율이 어떻게 달라지는지에 따라 국밥집이냐 미술관이냐가 결정되는 거야.

　제법 그럴듯하다고 생각하며 나가서 국밥을 먹자고 말했다가 등

짝을 맞았다.

　박물관은 일층을 왼쪽으로 돌아 삼층까지 올랐다가 다시 일층의 오른쪽 출구로 나오는 구조였다. 마치 왼쪽에서 오른쪽으로 도는 시곗바늘처럼 말이다. 박물관이니까, 이것도 시간성을 보여주는 하나의 상징이 아닐까, 생각했지만 굳이 수에게 묻지는 않았다. 물었다면, 생체리듬이나 심리학 이론을 적당히 끌어와서 또 그럴싸한 대답을 해주었을지도 모른다. 수는 모든 느낌과 이미지가 과학적 근거를 가졌다고 믿는 편이었다. 우연 또한 일어나는 그 순간의 필연성에 의해 지배당하는, 미래의 계획이라고 말했다. 당연히 미래의 계획을 과거에 사는 우리가 알 도리가 없지 않은가. 대체로 나는 논리적 정합성보다는 그 표현의 놀라움 때문에 수의 말을 의심하지 않았다. 따지고 보면 결과론적 수사에 불과했지만, 미래가 짜놓은 계획이 우연이라니. 나는 그 말에 매혹될 수밖에 없었다.

●

　오른쪽 이층 전시관 한 칸은 도자기로 채워져 있었다. 나는 백자 앞에 한참을 서 있었다. 부드러운 선의 둘레 속에서 하얗게 빛나는 백자. 인공적이지 않은 인공 같아서, 한때 인간은 자연을 만들 줄 알

앉구나, 생각했다. 연하게 반짝이는 표면이 위로 갈수록 좁아지더니 주먹 하나가 들어갈 만한 구멍이 뚫려 있었다. 술이나 귀한 액체류를 담았을 테니 당연한 구조겠지. 하지만 이제 유리관 속에서 백자를 꺼내 거기 술을 따를 리 없으니, 아니 제 원래의 이유를 먼 시간 밖으로 돌려놓으며 할로겐 조명을 받고 있으니, 백자는 정말이지 이 세계와는 무관한 전혀 다른 무언가가 된 것처럼 느껴졌다.

여러 상상이 가능했다. 가령 머리를 올려놓아야 할 자리를 비운 채 제 속을 열어놓은 어떤 진리의 형상, 혹은 밤과 낮의 모양을 설명하기 위해 어떤 존재가 인간의 학교에 기증한 교구 같은 것. 그처럼 하얗게 빛나는 다른 무언가.

둥글게 고여 있는 밤처럼, 정말 백자가 완벽한 모양으로 감싸고 있는 어둠이 그 속에는 있었다.

나는 내가 인지하는 못하는 상태로 오래전부터 그것을 알고 있었던 것 같다. 분명 나는 그것을 본 적 있다. 저 빛나는 표면 뒤에서 알 수 없는 공기와 알 수 없는 고요로 출렁이는 어둡고 춥고 이상하게 평화로운 시공간을 말이다.

백자 반대편에는 다른 백자가 있었다. 그것은 낱낱이 깨진 조각을 섬세하게 이어붙인 거였지만 어느 부분은 틈이 벌어졌고 조각을 찾지 못했는지 한쪽은 아예 깨져나간 채였다.

수는 예술품을 창조하는 일보다 복원하는 일이 훨씬 어렵다고 말했다. 창조하는 '예술'과 복원하는 '기술'이 같은 어원을 가진 것은 그저 태생이 같아서만은 아닐 거라고. 복원은 만든 것을 다시 만드는 것처럼 보이지만 그래서 본래를 회복시키는 것처럼 보이지만, 사실은 시간의 형상을 창조하는 거라고. 부서지고 사라지는 것으로서의 시간을 거기 붙잡아 눈에 보이게 만드는 것이라고. 그래서 그 자리에 성하게 있는 것도 중요하지만 이렇게 부서진 흔적을 봉합해 깨진 시간을 보여주는 것도 중요하다고.

마치 기억처럼 말야.

수는 구태여 기억이라고 말했지만, 기억이 아니어도 좋을 것이다. 아직 깨지지 않은 모든 것들에게도 매 순간 저도 모르게 번져가는 금이 있을 것이다. 시간은 그 금들의 속도일 것이다. 깨진 백자는 그것이 달려온 시간 전체를 한꺼번에 표시하는 속도계처럼 우리

앞에 제 전부를 꺼내놓고 있는 것이다.

●

　나는 깨진 백자 앞에 잠시 서 있었다. 궁금했다. 그렇다면 저 속에
고여 있는 밤은 어떤 밤일까.

　백자가 깨졌을 때, 그 속에 고여 있던 밤도 함께 깨졌을 것이다.
그래서 흩어졌을 것이다. 오랜 뒤 하얀 장갑을 낀 학예사가 그 조각
들을 이어 백자의 형상으로 복원했을 때 다시 그 속에 가둬진 것은
그 조각들에 달라붙어 있던 처음의 밤일까. 그 조각들은 어떻게 깨
진 바닥의 불빛 속에서도 그 밤을 간직하고 있었을까.

　그리고 지금 저 금간 틈으로 새어들어오는 빛 때문에 끝없이 찔
리는 밤이 있을 것이다. 만약 누군가 깨진 백자 속에 전등을 집어넣
는다면 백자는 금방 폭발해버릴 것 같은 사람의 얼굴로 달아오를
것이다. 만약 누군가 깨진 백자 속에 물을 붓는다면, 백자는 금방 우
는 사람의 얼굴이 될 것이다.

　그렇게 우리는 변해갈 것이고 우리의 시간도 달라지겠지. 그러나
저 백자의 낮과 밤이 늘 하나였던 것처럼, 그래서 몸이 끝내 마음을

거느리는 것처럼, 우리에게 찾아오는 진짜 비극은 무언가 조각났다고 해서 그 삶이 끝난 것이 아니라는 데 있는지도 모른다.

이미 깨진 백자라 하더라도 바로 지금, 이 순간이라는 영원 속에서 지속적으로 깨지고 있는 중일 것이다.

우리 앞에 부려진

●

　가게 금고를 들고 올라왔더라. 밤 열두시에 말이야.

　현은 가끔 진중한 수다쟁이가 되었는데 대개는 뭔가가 고조될 때였다. 단지 속으로 한 방울씩 떨어지던 물이 넘쳐서 단지 바깥을 적시듯이 몸속에 쌓였던 말이 넘쳐서 몸밖으로 나오는 것 같았다. 그러니 따지고 보면 그건 수다가 아니라 자기를 지키기 위한 한 방편이었는지도 모른다.

　너, 저기, 보금당 기억나지?

　현은 보이지도 않는 곳을 가리키느라 팔을 드는가 싶더니 다시 자신의 무릎 위로 툭, 소리 나게 떨어뜨렸다.

　금고를 내 앞에 턱 내려놓는 거야. 얘가 도대체 뭐 하는 건가 싶었지.

현은 알 수 없는 미소를 머금으며 잠시 입을 다물었다. 그리고,

무섭더라.

……

정말 무섭더라.

그날 모가 열어 보여준 금고에는 삼겹살이 들어 있었다고 했다. 먹기 좋게 썰린 고기들이 어떤 것은 익었고 어떤 것은 익지 않은 채 지폐와 뒤섞여 있었다고.

그러고는 초등학교 졸업하고 처음으로 '누나' 하고 부르고는,

고기 먹자.

했다고.

●

아버지가 생활비를 넣어두던 금고. 처음 모는 아버지 앞에 그 금고를 내동댕이치고 올 작정이었다. 특별한 이유가 있었던 것은 아니었다. 그냥 그러고 싶었다. 그래야만 후련할 것 같았다. 새로 생긴 혁신도시 전원주택 단지까지 곧장 택시를 타고 갔다.

모가 도착했을 때, 마침 아버지의 새로운 가족들은 삼겹살을 구

워먹고 있었다. 새어머니와 또 새 동생까지 세 식구가 색전구가 예쁘게 달린 야외 테라스에 둘러앉아 웃고 있었다.

행복해 보였다.

모는 가로등이 닿지 않는 어두운 골목에 숨어 그 모습을 오래 지켜보았다. 고개를 숙이고는 그 웃음소리를 오래 들었다.

그리고 조용히 발길을 돌렸다.

모를 불러세운 이는 새어머니였다. 뭔가 기척이 느껴졌는지 새어머니는 아치형으로 예쁘게 마감된 낮은 대문을 열고 골목을 바라보았고, 저만치 휘적휘적 걸어가는 모를 한눈에 알아보았다.

새어머니 눈에는 금고를 들고 가는 모습이 마치 돌을 들고 물속으로 들어가는 사람처럼 보였다고.

아버지의 새 가족들 사이에 앉은 모는 아무런 미동 없이 고기만 쳐다보고 있었다. 자글대는 소리 속에 간간이 흰 연기만 피어올랐다. 어색함을 참지 못한 새어머니가 무슨 말이라도 건네려고 모의 표정을 살필 때였다. 모가 상 위에 금고를 올려놓더니 주섬주섬 불판의 고기를 옮겨담기 시작했다.

●

　현은 헛웃음과 쓴웃음을 보태가며 그날을 이야기했다.

　모의 "고기 먹자"라는 말이 섭을 가졌을 때보다도 그래서 모진 생각을 했을 때보다도 가족들이 자기 곁을 차례차례 떠나갈 때보다도 더 무서웠다고. 무서움의 대상이 모였는지 자고 있는 섭이었는지 자기 자신이었는지 알 수 없지만, 그 순간 삶이 더없이 끔찍하다는 사실이 하루하루 살아내는 일에 쫓겨 잊고 있었던 그 지독한 사실이 잘게 썰려 금고에 갇힌 자기 살점을 보는 것처럼 한꺼번에 밀려와 몸이 차갑게 식는 것 같았다고.

　우리 아버지도 한성격 하시는 분인데, 그날만큼은 모를 지켜보고만 있었대.

　나는 금고를 든 채 물끄러미 불 꺼진 가게 진열장을 내려다보던 모의 모습이 떠올랐다. 그리고 수의 고별 파티에서 만난 '금고 구이'의 주인공이 모였다는 사실을 받아들였다. 아니 나는 처음부터 그가 모였다는 걸 알고 있었을 것이다. 가끔씩 불빛에 어른거리던 그 얼굴을 떠올려보았으니까. 그게 모의 영정사진을 보고도 15년의 세월을 느끼지 못한 이유였을 것이다. 그러니까 지금으로부터 2년 전

나는 모인 줄 모르고 모를, 아니 모가 아니기를 바라며 모를, 10여 년 만에 처음이자 마지막으로 쳐다보았던 것이다.

다만 나와 눈이 마주쳤을 때 모는 나를 알아보았을지, 알아보았다면 모 역시 나와 비슷한 기분이 들었을지, 그래서 나처럼 내가 아닐 거라고 자신을 다독이며 서둘러 떠났을지, 궁금했다. 모 역시 그랬다면 그 마음이 무엇이었는지 도무지 설명되지 않는 나의 그 마음을, 모에게 물어보고 싶었다.

●

　수의 작품은 벽과 벽 사이 이쪽과 저쪽을 연결하는 문이 아니라 벽이 없는 공간에 문만 덩그러니 서 있는 형태였다. 벽이 없는 문. 그때 오히려 문은 벽처럼 공간을 나누기도 한다. 문은 이쪽에서 저쪽으로 통하는 것이기도 하지만, 이쪽과 저쪽을 구분하기도 하는 것이다.

　문을 통과함으로써 하나의 존재는 다른 존재로 변한다. 문은 존재를 이전과 이후로 가른다. 그래서 수가 문에 그린 사람은 통과하는 대상일 뿐 아니라 그 자체로 다른 세계를 인식하는 거울이다.

　다른 세계는 그 문을 통과해서 만나는 다음 세계가 아니라 그 문 자체이며, 문이라는 미지의 거울 속에 투영된 자기 자신이다. 다른 세계는 사람 바깥에 있는 것이 아니라 사람 속에서 만나는 것이며,

그 사람은 다른 사람의 모습을 한 자기 자신이다.

　우리는 사람을 문으로 통과하는 게 아니라 세계를 문으로 통과해 사람 속으로 들어간다. 그리고 거기서 자신을 만난다. 세계를 통과해 사람 안으로 들어가는 문. 그것은 무엇으로 이루어져 있는가. 사람의 재질. 그것을 사랑이라고 불러도 좋은가. 어떤 사람을 열고 들어가더라도 결국 만나게 되는 것이 자기 자신인 이유도 바로 그 사랑의 속성 때문인가. 사랑을 두고 자기 존재를 드러내는 유일한 수단이라고 주장하는 근거는 여기에 있는가. 불탄 자리에 재가 남듯이 수의 작품이 놓였던 곳에 질문이 쌓였다.

●

　수의 고별 파티는 자정을 훌쩍 지나 끝났다. 수의 손님들은 올 때 자신들의 몫을 가져왔던 것처럼 갈 때도 자신들의 흔적을 말끔히 치우고 떠났다. 불꽃이 사라진 화로에서는 우리가 미처 살아내지 못한 순간처럼 흰 연기가 가늘게 피어올랐다.

　모든 불이 꺼지고 작업실 처마에 달린 불빛만이 부챗살처럼 마당에 환하게 펼쳐져 있었다. 수는 조금 전까지 사람들로 꽉 차 있던 공간을 바라보며 다 끝났다, 말했다. 파티가 끝났다는 건지 작품이 혹은 작업이 끝났다는 건지 둘 다인지 알 수 없는 혼잣말이었다. 스스로 만드는 메아리처럼 다시 한번 다 끝났네, 말했다. 말 끝에 희미한 한숨이 배어 있었다. 그 말이, 정말 수의 몸 깊은 곳에서 뭔가가 끝나버렸다는 느낌을 주었다. 수는 한참을 그렇게 서 있었다.

나는 간이 테이블 위에 걸터앉아 수를 보았다. 현관 불빛에 역광으로 비친 수는 꼭 열쇠구멍처럼 보였다. 만약 내가 수를 돌려서 열었다면 무엇이 부려졌을까. 한때는 사랑이라고 답했을 것이다. 우리는 사랑이 서로를 열었다고 생각했다. 그 속에서 서로를 가졌다고. 내가 끝없이 번져나가는 경험, 아니 내가 허물어지고, 그로써 세계라고 믿었던 어떤 자리에서도 나 자신을 찾을 수 없는 시간을 사랑이 제공해주었으니까. 나라고 믿었던 자리에 네가 있고 너의 자리에 내가 있다고 믿었다. 그러나 그것이 허구였음을 깨닫는 데는 오래 걸리지 않았다.

너이기를 원하나 끝내 나는 나일 수밖에 없다는 점에서, 나이기를 원하나 끝까지 너는 너일 수밖에 없다는 점에서, 그 열망을 결핍을 통해서만 드러낸다는 점에서, 그리하여 서로가 서로를 원하나

궁극에는 자기 자신으로 회귀할 수밖에 없다는 점에서, 사랑은 영원히 고독의 장르일 수밖에 없다. '살아가는 일의 끔찍함'이 가장 정제된 형태로 결정된 것이 '고독'임을 사랑은 우리 몸의 슬픔을 통해 알려준다. 그 고독을 통해 사랑은 각자의 몸을 미지로 돌려세운다. 사람의 몸은 그 자체로 고독으로 꽉 찬 텅 빈 구멍인 것이다.

●

그후로 수는 몇 차례 미술전 참여가 좌절되었고 유학을 갈지 말지 고민했고 새로운 작업을 준비하다 접었다. 나는 성실하게 모바일 속에 사람들의 욕망을 심는 작업으로 밥을 벌었다. 다른 이유는 없었다.

이제 수와 함께 있어도 더는 수와 함께하고 있다는 느낌이 들지 않았다. 우리가 함께 알고 있던 단어들이 다 옛말처럼 무용해지고 오직 새로운 단어들만 사용하는 시대에 떨어진 것처럼 서로가 낯설게 느껴졌다. 귀가, 혀가, 얼굴이, 버석거리는 느낌이었다. 하나의 불을 지피고 우리는 다른 시간을 태웠다. 두 개의 불을 지피고 하나의 시간을 태웠거나.

사랑은 자신의 한 부분을 내어주고 끝내 돌려받지 못하는 것이다. 그리고 인생은 그 의미를 아주 긴 시간을 통해 탈색해버린다. 인생은 사랑을 이토록 지루하고 무참한 시간 속으로 끌고 가 그 열정과 미움조차 식상하게 만든 다음에야 추억으로 돌려준다.

마지막으로 모와

●

　이튿날이 되자 동창들이 삼삼오오 조문을 왔다. 순전히 범의 상냥함이 만들어낸 풍경이었다. 범은 상주처럼 그들을 맞았다. 가끔 나를 불러 애 알지? 하며 인사를 시키기도 했다. 학창 시절 3년 동안 말 한번 섞지 않았던 동창들까지, 아 너구나, 인사를 했다. 모든 자리가 오랜만이다, 그때랑 똑같다, 뭐 하고 사느냐, 몇 마디 하고 나면 점점 할말이 없어지는 자리였다. 건네는 술을 다 받아 마셨더니 취기가 올랐다.

　친구들이라고 해도 또 취했다고 해도 불편한 건 어쩔 수 없었다. 가깝게 지냈던 친구가 없었던 건 아니다. 모는 누구와도 무람없었고 덕분에 나도 몇몇과 자주 어울렸다. 그러나 모가 없는 지금, 아니 15년이 지난 지금, 그래서 각자 다른 생활 속에 빠져 있다 잠깐 여기

144

에 건져진 듯한 지금은 또 달랐다. 화장실에 다녀오며 슬그머니 조용히 있을 수 있는 자리를 찾아봐야겠다고 생각했다.

주방 쪽에서 현이 상조회사 사람과 이야기를 나누고 있는 게 보였다. 안치실 계단에서 이런저런 이야기를 나눌 때와는 사뭇 달라 보였다. 말소리는 들리지 않았지만 무표정한 얼굴에 비해 눈빛과 입꼬리에서 다부짐이 느껴졌다. 몇 올 흘러내린 머리카락조차도 피곤한 기색이라기보다는 이 장례를 끝까지 잘 치르고야 말겠다는 다짐처럼 보였다.

장례식장 입구에 방명록과 조의함이 놓여 있었지만 아무도 지키지 않았다. 처음엔 범이 앉아서 이것저것 챙겼는데, 범도 친구들 사이에 눌러앉았다. 지나치며 빈소를 보았다. 흰 국화꽃과 향대가 덩그러니 놓여 있을 뿐, 역시 아무도 보이지 않았다. 꼭 이삿짐이 다 빠지고 어수선하게 비어 있는 집처럼 뭔가 허전했다. 화장실을 다녀와서는 빈소를 지켜야겠다고 생각했다. 모처럼 모와 단둘이 앉아 있을 수 있는 기회 같았다.

까만 구두들 가운데 까만 구두를 찾는 일은 쉽지 않았다. 일반 음식점 같은 곳이었다면, 신발장 안에 자기 신발을 가지런히 넣고 들어갈 텐데, 웬일인지 장례식장은 그게 되지 않았다. 아무래도 먼저 챙겨야 할 게 따로 있기 때문이겠고 신발이라면 그 우선순위에서 한참 밀려날 수밖에 없을 것이다. 그래서 따로 사람을 정해 긴 집게를 들고 신발 정리를 하곤 하지만, 범도 거기까진 신경쓰지 못했다.

내 신발은 내 보폭보다 훨씬 멀리 떨어진 곳에서 한쪽은 안을 한쪽은 바깥을 보며 놓여 있었다. 나는 신발을 신으며 신발 속으로 내 발이 들어가고 있구나, 생각했다. 한 걸음씩 옮기면서는 내 발이 걷고 있구나, 생각했다. 신체 어딘가가 각별히 의식되는 이유는 대개 그곳이 아프거나 불편하기 때문이겠지만, 나의 경우는 그게 주사 중 하나였다. 그러나 그보다는 신발이 딱 맞지 않았다. 내 구두가 아닌가. 잠깐 다녀올 것이었고 남의 것이라 하더라도 지금 조문 온 사람들은 거의 동창들이니, 그들 신발이라면 크게 문제 될 건 없었다. 무엇보다도 아무리 유심히 내려다보아도 내 것인지 아닌지 분간이 가지 않았다.

죽음도 그럴 것이다. 죽고 나면 누구도 무엇도 분간하지 못할 것이다. 캄캄할 것이다. 그것을 미리 보여주려고 장례식장은 온통 검은색일까, 이런 생각까지 하자 취기가 더 올라왔고 그만큼 더 어지러웠다.

●

무심히 화장실에 들어서던 나는 놀란 나머지 크게 휘청거렸다.

순간 다리가 풀렸고 벽을 짚고서야 겨우 중심을 잡았다. 비명이 터져나오려는 것을 간신히 억누르자 신음 소리 같은 게 입에서 새어나왔다. 누가 있었다면 귀신이라도 봤느냐고 물을 만했고, 나는 얼어붙은 채 고개를 끄덕였을 것이다. 내가 본 것이 정말 그랬으니까.

장례식장이라고 해서 화장실 구조가 다르진 않다. 입구 쪽에 세면대가 설치되어 있어서 들어서면 가장 먼저 거울을 쳐다볼 수밖에 없다.

화장실에 들어서며 무심코 고개를 들었을 때, 거울에 비친 것은 내 얼굴이 아니라 모의 얼굴이었다.

나는 자세를 가다듬을 겨를도 없이 겨우 숨을 고른 뒤 목을 길게 빼 거울 앞으로 고개를 내밀었다. 다시 봐도 거울 속에 있는 것은 모의 얼굴이었다.

환상도 환영도 아니었다. 고등학생이던 모의 15년 뒤 얼굴이고

2년 전 수의 고별 파티에서 보았던 얼굴이자 장례식 내내 빈소를 오가며 보았던 그 얼굴이었다.

그때, 소변기 물 내리는 소리가 들렸고 검은 상복을 차려입은 섭이 또박또박 거울 속으로 걸어들어왔다. 손바닥으로 세정제를 두어 번 받아서는 손을 씻었다. 다음엔, 종이 타월을 뽑아 손가락 구석구석까지 닦았다. 마치 배운 절차를 그대로 옮기기 위해 애쓰는 것처럼 섭이 한 단계 한 단계를 실행할 동안 나는 그 모습을 꼼짝없이 지켜보았다.

섭은 나를 아랑곳하지 않고 마지막 절차처럼 거울 앞에 세워놓은 모의 영정사진을 들고 화장실을 나갔다.

섭은 여전히 어렸지만 섭의 몸은 이제 어리지 않았다. 현과 함께할 수 없는 일, 함께 갈 수 없는 곳은 늘 모와 함께하고 모와 함께 갔을 것이다. 꼭 목욕탕이 아니라도, 식당에서, 고속도로 휴게소에서, 유원지에서, 화장실에 함께 다닌 사람은 모였을 것이다. 마침 화장실에 가고 싶었던 섭은 모의 영정사진을 내려 검은 띠를 풀었을 것이다. 화장실에 가기 위해 모 대신 모의 영정사진과 함께 일어났을 것이다.

모는 다음날 재가 되었다.

불과 식사

●

불은 가시 세계에서는 보이지 않는 사물들의 영혼이며 마지막 기념물이다.

우리는 불 앞에서 말을 잃는다.

불을 보는 동안 그림자는 등뒤에서 춤을 춘다. 그림자는 모든 순간이 이별의 순간임을 아는 사람처럼, 서성이며 잡아끌며 우리의 마지막 모습을 재현한다.

그러나 불이 꺼지면, 그 사람을 온전히 가져가는 것은 그림자이다. 이번 생의 뒤편에서 어른거리던 그것이 서서히 앞으로 덮쳐와서는 그대로 세상이 되는 것이다.

불탄 자리에 남은 재는 바로 그 그림자의 몸일 것이다. 마음은 있으나 몸이 없는 세계를 보여주기 위해 몸은 있지만 마음은 없는 그림자를 담아가게 만드는 것이다. 이별을 그 자리에서 시연하고 있는 몸의 영원한 알리바이처럼 말이다.

화장터에 오면 알게 된다. 사람은 문이지만 잿더미로 만들어진 문이라서 바람이 지나가면 흔적도 없이 사라진다.

다만 화장터에서도 내 앞에 놓여 있는 밥그릇을 보면, 이 우주의 조화롭고 웅장한 현시 앞에서 인간만이 비애와 비참을 세계 복판으로 끌어들이는 존재가 아닌가 생각하게 된다.

이야기의 몸

●

빅뱅이 폭발이라면 우주는 어차피 잿더미가 아닌가. 태초에 바다가 생명을 잉태할 수 있었던 것은 바다가 지구의 시초여서가 아니라 그 출렁임이 불의 꺼짐을 최종적으로 승인하는 증거였기 때문일 것이다. 말하자면 탄생은 지나간 폐허를 시연하는 것이고, 생명은 끝없이 죽음을 확인하는 과정이다.

그때의 나는 지금의 내가 아니다. 그때의 맹세가 지금은 맹세가 아닌 것처럼, 그때의 진실은 이제 진실 아닌 것이 되었다.

그때의 나의 이야기는 지금 나의 이야기가 아니다. 그럼에도 불구하고 그대로 남아 있는, 그때의 '이야기'는 무엇일까.

어쩌면 죽음은 더는 이야기를 버릴 수 없는 사람이 된다는 뜻일지도 모른다. 타버린 사람처럼, 재의 사람처럼 말이다.

재는 가장 오랜 과거의 것이자 가장 먼 미래의 것이다. 이야기의
것이다.

여전히 실재하는

●

    1초 동안 벌어지는 일들. 1초 동안 새가 날아간 거리. 1초 동안의 빗방울. 1초 동안의 나는 누구일까, 생각한다. 그리고 1초 동안 말해지는 사랑. 주어와 목적어가 사라진 채 1초 동안 발음되는 단어 속에 영원히 갇혀버린 인생도 있을 것이다.

    지구의 지질운동과 달의 인력 때문에 2년에 한 번꼴로 1초가 더해지거나 사라진다는데 그때 더해진 1초 동안에 나는 무엇으로 있는 것일까? 더해진 1초 동안에 나타난 내가 더해지지 않은 1초 동안의 나를 바라본다면 나는 나를 알아볼 수 있을까? 또한 사라진 1초 동안 나는 어디에 있는 것일까? 사라진 1초와 함께 우주의 어둠 속으로 영원히 사라지는 내가 있다면 그 1초 속에서 문득 사라져버린 나를 나는 알아차릴 수 있을까?

'시간'에 대해 생각하는 동안 봄이었다. 3월과 4월과 5월. 다른 계절과 마찬가지로 이 시간 동안 반복되어 일어나는 일들이 있다.

우선은 일상의 일들. 학생들이 새로운 교과서를 받아 첫 장을 펼치거나 농부들이 땅을 갈고 논에 물을 대는 일 혹은 한해살이 화초의 꽃씨를 뿌리는 일 같은. 그리고 마음의 일들이 있다. 매번 시작되고 다시 다치고 또 쓰러지는 일들을 마음의 것이라 하여 '부재'한다고 말할 수는 없다. '기억'은 비록 과거에서 비롯되었다고 하지만 생생한 현재의 것이고 기억이 이끄는 슬픔과 분노, 어떤 원망과 죄책감 역시 여전한 실감으로 살아 있으니 그 일들은 '실재'한다.

무엇보다도, 반복해서 되돌아오는 기일이 여전히 고통으로 체험되는 이유는 그날을 향한 삶의 질문이 아직 끝나지 않았기 때문일 것이다. 우리는 그 질문을 끝낼 수 없다. 누구도 죽음의 대답을 듣지 못했으니.

앞으로도 해를 걸러 더해지거나 사라지는 1초가 있을 것이다. 그렇게 더해지는 1초 속에서 내가 마주한 '나'가 당신이 아니라고 말할 수 있을까? 그렇게 사라지는 1초 속에서 사라져버린 내가 이제는 영영 만날 수 없는 '당신'이 아니라고 말할 수 있을까? 당신과 내가 함께하지 않는 시간은 존재하지 않는다.

외롭고 무서운 말

●

　모의 아버지는 발인 때 나타나 무거운 표정으로 서 있다가 눈가를 훔치며 돌아갔다. 화장터에서는 볼 수 없었다.

　섭은 내내 새어머니와 함께 벤치와 식당을 오가며 놀고 있었는데 현이 모의 유골함을 들고 나오자 막 꿈에서 깬 아이처럼 서럽게 울었다. 섭은 새어머니 차에 올랐다.

　장의차는 범이 맡아서 출발지인 소읍까지 돌아갈 것이었다. 현은 마지막까지 남아 있던 문상객들에게 고개를 숙여 보이는 것으로 감사를 전한 뒤 유골함을 안고 내 차에 올랐다.

　현은 모를 가족납골당이나 추모공원으로 옮기지 않고 집으로 데려가겠다고 했다. 아버지와 친지들이 만류했으나 이번에도 현의 고

집을 꺾을 수 없었다. 고모 중 한 분이 현의 등뒤에 대고 항시 제멋대로라며 욕설 섞인 말을 던지는 걸 보면 그들도 자기 성질을 꺾은 건 아니었다.

더는 그들을 감당하고 싶지 않았는지 현은 나에게 자기와 모를 집까지 데려다줄 수 있느냐고 물었다.

어차피 나랑 섭밖에 없어.

모가 안치된 곳을 찾아갈 만한 사람을 말하는 거였겠지만, 누구의 말에도 휘둘리지 않겠다는 주문처럼 들렸다. 현은 입술을 깨물고 앉아 한참 동안 아무 말도 하지 않았다. 차가 출발하자 룸미러 속에서 유골함을 안은 채 창밖을 바라보는 현의 모습이 좌우로 흔들렸다. 그 옆에 모의 영정사진이 비스듬히 앉아 있었다.

●

고속도로에 들어서자 현은 말을 하다가 중간에 툭 끊고 다시 멍하니 창밖을 응시하는 일을 여러 번 되풀이했다. 뭐든 말하고 싶었고 그럴 사람이 필요했고 그게 나라는 것이 고맙기도 미안하기도 했다. 내가 달리 해줄 수 있는 게 없었다. 그게 여전히 나를 고통스럽게 했다.

모의 아버지는 무심했지만 옹색하지 않았고 수완도 좋았다. 새어머니 역시 조심성 많은 게 도리어 탈일 뿐 매정한 어른은 아니었다. 덕분에 모의 공부에도 섭의 양육에도 경제적인 어려움을 겪진 않았다. 모가 벌였던 금고 사건 이후 보금당과 계단 사이에 철제문을 달긴 했지만, 그즈음 도시계획에 따른 건축물 보상금 수령인을 현과 모에게 넘기는 증여 절차를 마쳤다. 후에도 직접 찾아와 거드는 일은 없었지만 이사할 때마다 필요한 경비와 부족분을 앞서 묻고 메워주었다.

섭섭한 쪽은 친어머니였다. 고등학교를 졸업할 무렵 모는 어머니에게 여러 번 편지와 엽서를 보냈다. 뉴질랜드에 가서 살면 여러모로 좋을 것 같았다. 현에게도 섭에게도, 또 자신에게도. 하지만 모가 보낸 우편물은 매번 반송되어 왔다.

그즈음 모의 책상에서 엽서를 본 기억이 났다. 엽서 한복판을 차지한 남십자성 때문에 당연히 친어머니가 보낸 거라고 생각하고 넘겼다. 수신하지 않는 수신인을 위해, 친어머니에 대한 친근감과 그리움을 표현하기 위해, 무엇보다도 그곳에서의 생활을 위해, 남십자성이 그려진 엽서를 골랐을 모의 모습을 상상하자 가슴 한쪽이 접히는 것처럼 아렸다.

순전히 모의 고집으로 셋은 쭉 같이 살았다. 현과 섭이 함께 움직이지 않으면 모는 대학도 안 갈 작정이었다. 현도 모를 이길 수 없었다. 서너 번 도시를 옮겨 이사했는데, 모는 셋이 살기 적당한 집을 고르는 데 공을 들였다.

모는 처음엔 상대에 입학해 돈 버는 쪽 일을 하려는가보다 했지만, 1년 반 만에 미술대학이 있는 학교로 옮겼고 거기도 2년쯤 다니다 그만뒀다. 그리고 소읍에서 한 시간 반 거리에 있는 소도시 외곽에 오래되고 낡은 집 한 채를 사 자신의 작업실 겸 카페로 꾸몄다. 미술적 재능을 집을 고치고 카페를 꾸미는 데 다 썼고 그 카페에 금고는 따로 두지 않았다고, 말하며 현은 애써 웃는 표정을 지었다.

●

사실 내내 마음이 편하지 않았어.

현은 기회가 되는 대로 섭을 데리고 따로 살 계획이었다. 적당한 시기에 취직도 하고 독립된 생활을 할 작정이었다. 그리고 더 담담해진 목소리로 말을 이었다.

너도 알지? 모는 어떤 일이 있어도 나한테만큼은 화를 안 내. 아니까, 자기까지 그러면 안 된다는 거. 그리고 자기까지 떠나면 안 되니까, 끝까지 나랑 섭 옆에 있으려고 했던 거. 알아. 그래서 고맙고 미안하고. 그런데 저라도 맘껏 살아주면 내 마음이 더 편할 거 같기도 했어. 그런 마음을 몰라주니까. 그게 또 서운하더라. 사람 참 간사하지?

바람이 습한 듯하더니 후드득 빗방울이 듣기 시작했다. 먼 풍경으로 군락을 이룬 대나무들이 바람결에 흔들리는 게 보였다. 모네 시골집 뒤안이 생각났다. 지역의 명물답게 대나무밭은 이곳저곳서 모네 시골집 뒤안을 눈앞에 펼쳐놓고 있었다. 이리저리 흔들리던 대나무. 마치 비를 향해 뛰어오르는 개떼 같았다. 목마름을 흉내내는 것 같기도 하고 마른기침을 흉내내는 것 같기도 했다. 왜 개를 생각하면 처절해지는지 알 수 없었지만, 비에 젖은 개떼가 차창 밖에서 함께 달리고 있는 느낌이었다.

나한테 딱 한 번 화를 냈어. 그러면 안 되는 거 아는데, 급한 일이 있었는지 모가 일기장을 바닥에 놓고 갔더라. 내가 봤거든.

현의 목소리가 빗소리에 섞여 두꺼운 커튼 뒤에서 들려오는 듯했다.

사람에겐 알면서도 확인하면 안 되는 이야기가 있다. 현에게 모의 일기장이 그랬다. 모가 하루하루를 어떤 마음으로 지나왔는지, 누나에 대한 사랑과 원망이 어떻게 뒤섞여 있는지, 그게 어떤 시간이었는지, 알게 되자 현은 모를 똑바로 쳐다볼 수 없었다.

모는 정말 아무것도 모르더라.

현은 이를 앙다물며 뭔가를 참고 있었지만 이미 말을 알아들을 수 없을 정도로 울음기가 섞여 있었다. 하지만 이 말을 할 땐 유독 힘주어 내뱉는 듯했다.

자기가 나를 증오하고 있다는 것도 모르더라.

●

현의 태도가 달라지자 모는 현이 자기 일기장을 봤다는 것을 눈치챘을 것이다. 그리고 여름방학이 끝날 무렵 시골집에 가 일기장을 태워 저녁의 부윰한 잿빛 공기 속으로 날려보냈다.

현은 모가 자기 자신을 전혀 모르고 있었다고 말했다. 나에 대한 마음까지 포함해서 모는 그저 혼란 속에서 하루하루를 지나왔을 거라고. 그러나 모는 알고 있었을 것이다. 오히려 하나를 더 알았을 것이다. 우리의 의지라고 믿었던 선택들이 사실은 세상의 결정을 뒤늦게 수긍하는 일에 불과하고, 그 결정과 다른 선택을 한 사람을 세상의 의지는 용납하지 않는다는 것을 말이다. 그래서 모는 자신을 속였을 것이다. 자신의 마음을 자기 삶으로 받아들이지 않았을 것이다.

현도 그런 모를 모르지 않았을 것이다. 다만 그것을 인정하고 나면 더없이 무참해질 테니까 최면처럼 자신의 판단을 조작했을 것이다. 현은 모가 스스로를 모른다고 믿어야 했다.

현의 목소리는 울음 때문에 조금 높은 톤으로 변해 있었다.

그뒤로 싸움도 다툼도 아닌 것을 했지. 넌 대학에 가면 자연스레 독립할 것이고 나는 섭과 같이 여기 어디 새집을 알아보겠다. 사실 말은 그렇게 했지만, 수없이 결심도 했지만, 그렇게 말하면서 모가 정말 떠날까봐, 외롭고 무서웠어. 사람 마음이 그렇더라. 참 간사하지.

현은 한 손으로 입을 막고 온몸을 들썩였다. 검은 망사 장갑 위로 머리카락 몇 올이 흘러내려 있었다.

현은 모에게 그렇게 말할 수밖에 없었고 그것은 번번이 싸움이 되었다. 무슨 일이 있어도 같이 살겠다고 말하면서도 어딘가 짚이지 않는 곳을 떠도는 듯한 모의 눈빛이 보여서, 현은 그 외롭고 무서운 말을 멈출 수 없었을 것이다.

비는 다 지나간 모양이었다. 현은 휴지로 얼굴을 수습하며 말했다.

그즈음인 것 같은데. 네가 발길을 끊었던 게.

지금은 아니라고

●

모와 함께 시골집에 다녀올 때마다 우리의 시간이 두터워지는 느낌이었다. 비밀이나 죄의식을 나눠 가지는 게 사람들을 어떻게 결속시키는지 어렴풋이나마 알 것 같았다.

현도 훤히 보이지만 모른 체하는 눈치였다. 내 이야기에 현이 웃는 모습을 보는 게 좋았지만 고등학생이 술 마신 이야기를 대놓고 떠들 수는 없었다. 현과 작은 비밀 하나를 나눠 가지는 상상을 한 적이 있다. 죄의식이나 죄책감 같은 것. 그런 걸 공유하는 불온한 떨림 같은 것. 어쩔 수 없이 비난받을 만한 일들이겠지. 왜 세상의 달콤함은 모두 거절해야 할 유혹이거나 부정한 매혹으로 취급되는지 알 수 없었다. 엄마에게 빼앗겨 다시 진열대 위로 던져지던 회오리 모양 막대사탕처럼 말이다.

그런 생각으로 나는 남은 여름방학을 보내고 있었다.

●

마지막으로 모네 시골집에 다녀온 다음날이었다. 현이 일러준 대로 화분 밑에서 열쇠를 꺼내려고 고개를 숙이자 콘크리트가 뿜어내는 열기가 훅 얼굴에 끼쳤다. 나는 서둘러 문을 따고 뛰다시피 이층으로 올라갔다. 철제 계단은 초인종 역할을 대신하기도 한다. 쿵쾅거리거나 삐걱거리는 소리에 따라 누가 오는지 다 알 정도였다.

발소리가 무색할 정도로 집은 텅 빈 듯 조용했다. 섭이 잠들어 있을지도 몰라 모나 현을 부르진 않았다. 그냥 둘러보면 그만이었다.

이층 거실이 깔끔한 걸 보니 역시나 섭은 여태 자는 모양이었다. 조용히 삼층으로 올라갔다.

이층은 거실 겸 주방이었고 작은 방이 하나 있었지만 창고로 썼다. 삼층은 작은 복도 겸 거실을 사이에 두고 왼편에 방 하나가 있고 오른편에 방 두 개가 마주보는 구조였다. 왼편 방은 좀 어두웠지만 크고 화장실이 딸려 있어 부모님이 쓰던 방을 지금은 현과 섭이 썼다. 문밖에서 들여다본 적은 있지만 안으로 들어가보지는 못했다.

오른편 방 중 뒤쪽은 드레스룸으로 썼고 좁지만 큰 통창이 나 있는 앞쪽 방을 모가 썼다. 통창 때문에 환했지만 하필 큰길 쪽으로 나 있어 차가 지날 때마다 방안에 공명이 생기는 느낌이었다. 그새 모의 방은 내 방만큼 친숙했다. 잠을 자고 간 적은 없지만, 두어 달 동안 내 방처럼 드나들었으니까.

서로 문을 닫고 지내는 편이 아니었는데 그날은 모든 방문이 닫혀 있었다. 나는 평소 하던 대로 아무 거리낌없이 모의 방문 손잡이를 돌렸다.

●

문을 여는 순간, 부시도록 환한 빛이 나를 덮쳐왔다. 햇살이 맞은편 통창을 무너뜨리고 방안에 가득 고여 있다가 문을 열자 그대로 쏟아져나오는 느낌이었다.

나는 반사적으로 눈을 가렸다. 밝게 타오르는 것처럼 아무것도 보이지 않았다.

천천히 손을 내렸을 때, 하얀 물체 하나가 희미하게 보이기 시작했다. 빛의 입자를 뭉쳐놓은 것 같은 덩어리였다.

나는 눈을 가늘게 뜨고 그 물체를 살폈다. 곱게 빻은 빛의 반죽을 주물러 사람을 만드는 것처럼 뭉개졌던 모습이 조금씩 제자리를 찾아가고 있었다.

현이었다. 현은 마치 거대한 헤드라이트 속에 빠져 있는 것 같았다.

현은 아무런 움직임도 없이 텅 빈 눈으로 나를 올려다보고 있었다. 얼굴은 도자기처럼 하얗게 빛났고 유약이 흘러내린 자국처럼 양쪽 뺨으로 물기가 반짝였다.

빛이 모든 것을 지워버린 곳에서 한 사람의 존재가 오직 침묵을 보여주려는 듯 아무런 움직임도 없이 그 자리를 지키고 있었다.

나는 무엇에 찔린 사람처럼 그 모습을 보고만 있었다. 그은 듯이 선들이 살아나고 있었다. 가늘게 금이 가듯 눈과 코와 입의 윤곽이 조금씩 비치기 시작했다. 그 얼굴은, 작은 숨소리에도 와르르르 무너져내릴 것 같았다.

마치 투명한 유리관 밖에 서 있는 것 같았다. 수와 갔던 박물관, 백자 앞에 서 있는 것처럼 내가 알 수 없는 시간이 내 앞에 놓여 있었다.

무엇도 저곳에 닿을 수 없을 것 같았다. 아니 닿아서는 안 될 것 같았다.

깨질 것 같았다.

그럼에도 불구하고 깨질 수 있는 것들은 언젠가는 깨질 것이다. 그것이 시간의 일이라고 말할 사람이 있을지도 모르겠다. 그렇더라도 백자를 깨뜨리는 힘은 예기치 못한 순간에 먼 곳으로부터 도착할 테니, 어떤 미래도 충족된 채로 현재가 되지는 않을 것이다.

하지만 우리는 도래하는 그 모든 순간에 대고 외쳐야 한다. 지금은 아니라고. 지금은 아니라고.

그래, 그게 어느 때이건 간에 바로 이 순간만큼은 언제나 아니어야 한다.

나는 조심스레 문을 닫았다. 그 방안에 가득찬 빛과 침묵과 한 존재가 깨질까봐 두려웠다. 무언가가 날아와 이상하게 아름답고 평화로운 저 시간을 깨뜨릴까봐 무서웠다.

나는 소리 나지 않게 철제 계단을 내려왔다.

●

며칠 뒤 여름방학이 끝났고, 나는 더는 모의 집을 찾지 않았다. 모도 더는 나를 자기집으로 이끌지 않았다.

현에 대해서도 섭에 대해서도 깊이 말하지 않았다. 간혹 잘 지내느냐고 물으면 잘 지낸다고 답했다. 그뿐이었다. 더는 물으면 안 될 것 같았다.

왜 그랬는지 왜 그렇게 될 수밖에 없었는지 나 스스로도 몰랐다. 아니 생각하지 않았고, 그보다는 아무런 이유가 없었다. 다만 말해지지 않은 것들 속에 무서운 이야기가 들어 있지 않기를, 바랐다.

모와 나는 각자 다른 도시에 있는 대학에 갔다.

이별의 역사

●

　며칠 전 범으로부터 전화가 왔다. 가족끼리 간소하게 치렀다는 모의 사십구재 소식을 전했다. 알고 있는 내용이었지만 몰랐던 것처럼 들었다. 현은 모와 운영하던 카페를 정리했으며 지금은 아버지가 사는 혁신도시 쪽으로 이사를 준비중이라 했다. 아마도 새어머니의 배려였을 것이다. 혁신도시는 현이 다녔던 대학이 있는 도시와 가까웠다. 그렇더라도 범은 현이 재입학을 준비한다는 소식까지 어떻게 알았을까. 여전히 그는 우리의 소식통이었고, 다음 동창회에는 꼭 참석하겠다는 약속을 받고 나서야 전화를 끊었다. 끊자마자 동창회비 사용 내역과 계좌번호가 문자로 날아왔다.

●

　수는 독일로 유학을 떠난다고 했다. 베를린에서 인류학을 전공할 예정이라고. 늦은 편이지만 또 나이가 중요하지 않은 곳이라서 괜찮다며, 까맣게 염색한 머리를 쓸어올리며 준비차 베를린에 다녀온 이야기를 들려주었다.

　아니나 다를까 수가 가장 먼저 찾은 곳은 박물관섬에 있는 페르가몬이었다. 수는 바빌론 유적인 이슈타르 문의 신비로운 푸른빛에 대해 이야기했다. 그리고 박물관 한편에 전시된 빗살무늬토기에 대해서도 말했다.

　할로겐 등이 비추고 있는 토기는 석기시대의 것이라고는 믿기지 않을 만큼 아주 잘 보존되어 있어서 가지런한 빗살의 홈까지 또렷했다. 한참을 그 앞에 서 있었다. 아름답게 휘어지는 빗살을 따라가다가 삐끗, 어긋난 부분을 발견했던 것이다. 수는 동그라미를 그리던 아이가 손목을 부드럽게 돌리지 못해 연필을 고쳐 잡을 때 생기는 흔적 같았다며, 그게 왜 생겼을지 나름의 가설을 읊어대기 시작했다. 빗살무늬토기를 만들던 신석기인이 누군가를 사랑했다는 것이다. 어느 날 연인의 변심 때문에 잠을 설치고 그만 집중력을 잃었던 것이다. 그때나 지금이나 인생의 모든 이유가 휘발되어버린 순간에도 살아내야 할 하루가 있고 채워나가야 할 일상이 있어서 그는 진흙 반죽을 앞에 놓고 앉았을 것이다. 몇천 년 전, 그러니까 몇 줄의 기록과 귀 나간 유물로만 남은 시대에도 뜨거운 삶이 있어서 사랑을 하고 이별을 겪고 슬픔의 나날을 보내던 누군가가 저 흔적을 남기고 말았을 것이다.

들으며 생각했다. 빗살무늬에 난 그 삑사리 때문에 빗살무늬는 빗살무늬 바깥의 시간과 만난다. 그 사람이 아니면, 그 순간이 아니면 안 될 것 같은 시간도 결국은 지나간다. 그러나 그 시간이 꼭 사라졌다고 할 수는 없다. 사랑은 인간의 몸속에 죽음의 자리를 파고서 젊음을 불렀을 것이다. 그리고 영원의 약을 먹여 재웠을 것이다. 한 젊음 한 젊음을 다 파먹고 수천 년 동안 인간의 죽음을 지켰을 것이다. 그 영원의 시간 동안 젊음을 빼앗으며 사랑은 인간이라는 숙주를 갈아타고 여기까지 왔을 것이다. 어떤 전쟁과 재난에도 멸망하지 않고 이토록 지독한 모습으로 내 앞에 도착했을 것이다.

내가 들려줄 소식은 이사 계획밖에 없었다. 수와 헤어진 지 그새 1년이 되었고, 지금 사는 집은 계획대로 얼마 뒤 철거될 예정이었다. 나는 고등학교 졸업 후 내내 살았던 이 도시와 소읍의 중간쯤에 있는 크지도 작지도 않은 도시에 방 두 개짜리 아파트를 전세로 계약했다. 수는 특유의 입담으로 잦은 이사가 주는 스트레스를 대신 다 쏟아내주었다.

장마가 유난히 긴 여름이었고, 빗물이 흐르는 통창 앞에서 우리는 두 시간을 함께 보냈다.

용서의 불가능

●

　현은 모의 유골함을 꼭 껴안고 졸음 쉼터 벤치에 앉아 있었다. 차에 두어도 괜찮다는 말은 할 수 없었다.

　휴게소와 달리 졸음 쉼터엔 화장실과 작은 편의점이 하나 있을 뿐이었다. 나는 편의점 커피 두 잔을 내려 벤치로 돌아갔다. 사람이 많지 않았고, 쳐다보더라도 보자기에 싼 것이 무엇인지 알 수 없었을 것이다.

　모가 발견된 곳은 소읍 가까운 댐이었다. 용수량이 전국에서 네 손가락 안에 든다는 그 댐을 끼고 도는 도로가 있었는데, 아름답다고 소문난 길이 으레 그렇듯 커브와 낭떠러지가 많았다. 모의 차는 가드레일을 치고 뒤집힌 채 물속으로 떨어졌다. 지나가던 차가 신

고했고 사고사로 처리되었다.

사고사래.

현은 뭔가 체념한 듯 말끝을 흐리더니 한숨을 섞어 뒷말을 남겼다.

그래도 나는 용서가 안 된다.

예수는 용서하라고 말하면서도 용서하는 방법에 대해서는 한마디도 하지 않았다. 예수에게 용서는 뭔가를 주고받는 거래가 아니라 미움을 사랑으로 바꿔놓는 선언이었으니까. 그로써 예수는 사람들의 마음을 돌려세울 수 있었다. 용서는 누군가를 되찾는 가장 오래되고 아름다우며 절대적인 수단이었던 것이다. 설령 그가 원수라하더라도 말이다.

그러나 우리의 용서는 그렇지 못할 것이다. 용서를 통해 마음을 돌리려 했던 예수와 달리, 우리에게는 애초에 돌려세울 마음이란게 없으니까. 정작 용서하고 싶다고 해도 그 용서를 베풀 잘못이 없어서 아무것도 용서할 수 없는 이상한 상황 속에 있으니까. 누구도 잘못하지 않았는데도 다만 용서할 수가 없는 게 우리니까.

현은 손가락을 세워 유골함 표면을 툭툭 쳤다. 마치 그 안에 든 모를 때리듯이, 어떤 아픔을 느껴보라는 듯이, 그랬다.

용서할 수 없을 것이다. 모가 아무런 잘못이 없더라도 말이다. 아니 모가 뭔가 잘못했다면, 현은 모를 용서할 수 있었을 것이다. 그러나 용서라는 카드를 쓸 어떤 기회도 어떤 구실도 주지 않았다. 그러니 용서할 수 없는 것이다. 그게 모든, 사랑이든, 인생이든.

●

현은 윗주머니에서 휴대전화를 꺼내 만지더니 나에게 내밀었다. 폐가구를 이용한 장식과 그림이 단정하게 걸린 카페를 배경으로 정면에 칠판 보드가 찍힌 사진이었다. 보통은 메뉴를 적어 가게 앞에 세워놓는 것이었다. 모는 매일 시나 소설 한 구절을 칠판 보드에 적어 가게 앞에 세워두었다. 현도 모가 뽑은 구절이 좋아서 오늘은 어떤 구절일까 괜히 기대가 되었다고.

문을 열지 않는 날인데도 새로운 구절이 적혀 있었다. 아침에 잠깐 가게에 들렀을 땐 외국 시겠거니 여기고 무심히 지나쳤다. 사고 소식을 듣고 달려가는 동안엔 잊고 있었는데 장례식 내내 뭔가 찜찜한 기분이 들었다. 발인을 몇 시간 안 남긴 새벽에, 현은 기어이 택시를 불러 가게로 향했다.

모는 꼭 출처를 밝히는데, 아무리 봐도 출처가 없더라.

현은 내내 먼산을 보며 말했다. 나는 조심스럽게 화면을 확대했다. 그리고 보드에 백묵으로 단정하게 써내려간 글자들을 읽어내렸다.

사람에겐 총량이 있을 것이다. 마음을 쓰는 이에겐 마음의 총량이, 몸을 쓰는 이에겐 몸의 총량이.

나는 다 쓰인 것 같고 다 쓴 것 같다. 충분하다.

더는 사랑이 불가능한 시간을 견디는 게 인생이라면, 삶과 죽음은 구분되지 않을 것이다.

우주비행사가 우주에서 무엇을 만날지 모르듯이 시인은 인간의 내면에서 무엇을 만날지 모른다.

내가 가르쳐줄게.

그게 무엇이든 지옥이라 불릴 것이다. 절망조차 남지 않은 텅 빈 몸의 공명을 혼자 들을 것이다.

그리고 날마다 밤이 찾아오는 세계에 남겨지겠지.

죽음이 인생의 종결이 아니라 누구나 죽음만큼의 슬픔을 가지고 있다는 것을 말하는 일이면 좋겠다.

다행이다. 죽음은 후회조차 남기지 않으니까.

●

나는 뒷좌석 문을 열고 현이 자리에 앉아 유골함을 고쳐 안는 것을 확인한 후 다시 닫았다. 문이 닫히는 충격에 비스듬히 놓여 있던 모의 영정사진이 미끄러져 시트에 눕는 게 보였다. 차 뒤로 돌아 운전석 쪽으로 향했다.

졸음 쉼터 뒤편으로 관상용 대나무가 가지런히 심겨 있었다. 차들의 굉음이 채찍 자국처럼 바람에 실려 왔고, 그것들은 마치 달려 나가다 제 목줄의 끝에서 앞발을 치켜든 채 울부짖는 개들 같았다.

운전석 손잡이를 잡았지만 나는 문을 당기지 못했다. 그리고 그 자리에 쪼그려앉고 말았다. 몸속에 오래 고여 있던 뭔가가 울컥울컥 넘어오는 것 같았다. 내가 살아온 모든 날들이 그 순간 속에 감추고 있던 젖은 손을 내밀어 내 얼굴을, 내 목을, 내 가슴을 쥐어짜는 것 같았다.

현은 아무 말 없이 차 안에 앉아 나를 오래 기다렸다.

그곳에 있는

대지를 잃어버린 인간이 화분을 키운다. 적어도 나는 그렇다. 나는 내가 사는 콘크리트 층계 오층 꼭대기까지 화분을 여럿 가져다 놓았다. 말하자면 땅을 잃고서 그 땅을 거우 한 삽씩 떠 모셔온 것인데 나무와 꽃들이 제 크기를 찾아 자라는 틈엔 돌멩이만 포개놓은 것도 하나 있다. 딴에는 숲과 수풀 사이 바위 계곡도 곁들이겠다는 심사여서 언젠가 궁금해하는 방문자 앞에서 나름의 해설을 곁들일 준비도 마쳤다.

나는 그들의 집사로 일한다. 원래 그들의 가지를 쳐주는 것은 바람의 일이고 물을 주는 것은 구름의 일이었으니, 일주일에 한 번꼴로 나는 바람과 구름이 되어 자연의 일을 하는 것이다. 넝쿨을 뻗는 것들에게는 천장까지 낚싯줄을 달아 다잡을 난간을 만들어주기도 하고, 깍지벌레가 자주 끼는 것들을 위해 노란 분무기를 장만해 안개를 뿜어주기도 한다. 나의 성심성의와 무관하게 그들은 집사가영 성에 차지 않는 듯하다. 나눠 심기나 줄기꽃이로 화분이 늘어나는 만큼 시들시들 앓다가 물러나는 것들도 꽤 되니 말이다. 더군다나 종일 집에 머무는 집사 때문에 사시사철 고만고만한 실온에 갇혀 있으니 그들로서는 이상기후에 시달리고 있는 셈이다. 그런데도 봄이면 봄을 알고 꽃을 피우고 가을이면 가을을 알고 잎을 떨군다. 한 움큼의 흙에도 잊지 않고 우주의 섭리가 찾아왔다고 해야 할지, 이들이 자신만의 질서로 우주를 이루었다고 해야 할지 모르겠다.

다만 그때에는 정말 화분들이 하나씩의 위성 같은 게 아닐까 생각하게 된다. 내가 사는 오층 높이에 떠서 지구 주변을 빙빙 도는 달 말이다. 거기 집을 짓고 살 수는 없으나 멀리 바라보며 꿈꿀 수 있는 달 말이다. 달을 보면 뭔가 빌고 싶어지는데 이 화분들이 영험한지도 모르겠다. 그러나 어느 가을밤 우리 머리 위를 빙빙 돌던 달처럼, 내가 죽인 화분들이 내가 망친 사랑이고 내가 키운 화초들이 내 그리움이라는 것은 안다. 밤새 떨어진 별똥별이 잔뜩 묻혀 있다는 것은 안다. 우리가 가을을 가을로 살지 않아도 달은 이제 가을의 것이어서 벌써 몇몇의 잎끝은 누렇게 변해간다.

●

　생각에 대해서는 그것이 머리의 작용이라는 데 모두가 동의한다.
그러나 '마음'으로 오면 조금 애매한 구석이 있다. 마음이 머리에 있
다고 생각하는 사람이 있는가 하면 가슴에 있다고 말하는 사람도
있기 때문이다. 호르몬의 작용이라고 말하는 사람도 있으니 마음의
경로는 생각보다 복잡해진다. 마음은 어디에 있을까? 어쨌든 산속
에 숨은 샘처럼 내 몸 어딘가에 있을 거라고 믿었다. 얼마 전 지하
주차장 구석에 떨어져 있는 인형을 보기 전까지는 말이다.

　노란 실을 가늘게 꼰 머리카락과 까만 단추를 얽어 눈을 단 헝겊
인형이었다. 누가 버리고 간 것인지 실수로 잃어버린 것인지 알 수
없었다. 벌써 까만 때가 오른 인형을 그냥 지나칠 수 없어서 나는 입
구가 바로 보이는 기둥에 누군가를 기다리는 자세로 앉혀두었다.
주차장을 떠나다가 되돌아와 눈에 잘 띄게끔 방향을 고쳐주기도 했
다. 제 인생에서 맞이한 큰 슬픔을 눈물로 쏟으며 한 아이가 여기까
지 달려왔을 때 가능한 따뜻한 안도 속에서 꼭 품에 안고 돌아갈 수
있기를 바랐다.

집에 들어와 옷을 갈아입고 씻고 텔레비전 앞에 앉았는데도 괜히 생각이 났다. 지금쯤 주인이 가져갔을까. 행여 누가 발로 툭, 차버려 지나가는 바퀴에 시달리고 있는 것은 아닐까. 오지랖이 발동해 잠바를 걸치고 다시 지하 주차장으로 향했다. 곧추세웠던 허리가 조금 미끄러져 내려온 것 같았지만 다행히 같은 자리에 그대로 앉아 있었다. 꼭 오늘 저녁이 아니더라도 내일쯤 아이 부모가 차를 쓰기 위해 내려온다면 반갑게 발견하고는 주인에게 데려다줄 것이었다.

다음날, 물을 사기 위해 느지막이 나갔을 때도 인형은 그대로 놓여 있었다. 그저 단추일 뿐인데 걷는 내내 나를 쳐다보던 까만 눈동자가 눈앞에서 어른거렸다. 코르덴을 기운 헝겊일 뿐인데 차가운 바닥에 오래 앉아 있는 게 걱정되었다. 물을 한 모금 들이켤 땐 또 내 눈으로 쏟아지는 저녁 빛 때문에 인형의 얼굴이 떠올랐다. 인형에게도 꼭 마음이 있을 것 같았다. 들어갈 때 데려갈까. 그러나 뒤늦게 주인이 찾을지도 몰랐다. 몸속에 있는 줄 알았는데 분명 내 마음은 거기 있었다.

차갑고 검고 출렁이는

●

언젠가 물고기는 기억을 물속에 남겨놓는다는 문장을 읽었다. 물고기의 뇌. 여울, 강, 바다, 하늘에서 내리는 비와 콸콸 쏟아지는 수돗물. 그것이 모두 한 생명체의 뇌수라면…… 그동안 나는 하루도 빠짐없이 물고기의 기억을 마셨던 거고 내 꿈은 물고기의 기억으로 가득찼던 게 틀림없다고. 생선을 구우며 생각했다.

그후부터 내 잠 속에서 백열전구를 삼킨 물고기가 구불구불 헤엄치곤 했다. 급소마다 알전구를 슬어놓고 사라졌다.

●

향림스카이 한쪽 벽면을 가득 차지하고 있던 현수막은 반년 가까이 그 자리를 지키다가 사라졌다. 주하원에서 국정희로 시장이 바꾸면서 주변 도로 재정비와 우석산 일대 도시공원 조성을 약속받는 것으로 입주자대표회의가 신축 아파트 건설을 묵인하기로 했다는 소문이 돌았다.

나는 여전히 향림아파트 옥상에 덩그러니 서 있는 저 사각 구조물이 궁금했다. 슬레이트 지붕을 한, 금방이라도 아파트를 달고 어디론가 날아갈 것 같은 그것을 매일 쳐다보았다. 빗소리를 들을 때에도, 붉게 가로놓인 노을을 볼 때에도, 간혹 머그를 들고 창문 앞에 서 있을 때에도, 그것은 내 시선의 배경이자 상상의 대상이었다. 엘리베이터 기계실일 거라 짐작했지만 추측일 뿐이었다. 그렇더라도, 위아래를 만드는 도르래의 회전을 상상하는 일이 꼭 나쁜 느낌은 아니었다. 산책을 빌미로 어느새 나는 향림스카이 정문 앞에 가 있었다.

따지고 보면 인간은 참 무서운 존재이다. 아주 오래전, 누군가 달을 쳐다보며 달나라를 상상하는 순간부터 우주공학은 시작되었을 테니까. 낙타 머리에 사슴뿔과 토끼 눈, 매의 발톱과 잉어의 비늘을 가진 용을 상상해낸 순간부터 유전학은 시작되었을 테니까. 같은 맥락에서 모든 사랑은 아주 오래전부터 시작되어서 지금 내 몸에 도착했을 것이다. 이별도 다른 경로를 가진 건 아닐 것이다. 사랑은 서로를 알기 전부터 시작되었고 이별은 사랑 이전부터 예비되었을 것이다.

●

아파트 단지를 산책하듯 돌아볼 수는 있다지만 건물 내로 들어가는 일이 불가능하다는 것을 모르지는 않았다. 입주민들 상당수는 얼굴을 익힐 만한 세대수였으니 경비원 눈에 곧바로 띄는 건 당연했다. 낯선 사람의 배회를 충분히 위협으로 느낄 만한 세상이니까. 어떻게 왔느냐고 묻는 말에 내가 얼버무리자 그는 좀더 단호한 말투로 삿대질까지 섞어 돌아갈 방향을 일러주었다. 맞설 마음은 처음부터 없었지만 잘못한 일도 없는데 괜히 주눅이 들었다. 이유가 없었기 때문이겠지. 아니 나에겐 이유가 있었지만 그에겐 그게 이유가 못 될 것이다. 나는 대꾸도 않고 천천히 발길을 돌렸다. 끝까지 미심쩍었는지 저만치 거리를 둔 채 그는 내가 정문을 나설 때까지 천천히 따라왔다.

그냥 물어보면 될 일이었다. 부동산 중개인에게 아니면 산책중에 가볍게 눈인사를 주고받던 주민에게라도 물어보면 그만인 것을, 여전히 나는 묻기를 망설이고 있었다. 궁금해하면서도 누가 답을 말하려 하면 귀를 틀어막는 사람처럼. 어쩌면 이미 알고 있는 결말을 마지막까지 유예시키고 싶은 사람처럼. 그보다는 뻔한 실체를 마주하고 싶지 않은 마음일 수도 있었다. 내일이면 나는 이 도시를 떠날 것이고, 여행지에서 산 낯선 물건의 용도를 잊어버린 사람처럼 저 구조물은 내 기억 속에 잠시 환상으로 머물다 금방 잊히겠지. 그뿐일 것이다.

아파트 정문을 벗어나자마자, 나는 거대한 결심 끝에 아주 중요한 것을 포기하고야 말겠다는 사람처럼 뒤돌아섰다. 환상이 깨져야 하는 순간도 있는 것이다. 지금이 그 타이밍이라고 생각했다. 그게 무엇이든 상관없는 순간 말이다. 아니 뭐든 상관없는 것의 그 상관없음을 확인하고 싶은 의지가 발동했다고 해야 할까. 나는 막 돌아서려는 경비원을 불렀다.

그런데 어르신, 아파트 옥상에 서 있는 저 집은 뭔가요?

●

물탱크라고 했다. 별걸 다 묻는다는 표정과 별것도 아니라는 표정을 묘하게 뒤섞으며, 아까와는 달리 아주 친절하게, 물탱크지 뭐

긴 뭐여, 라고 말했다. 그리고 저렇게 생겨먹어서 청소하기 어렵고 유지비도 많이 든다고.

그게 엘리베이터실이든, 물탱크실이든 달라지는 건 아무것도 없었다.

물탱크.

1년 전, 그러니까 처음 이곳에 왔을 때라면 나는 물탱크를 물풍선이나 비를 잔뜩 머금은 채 둥실 떠 있는 구름쯤으로 바꿔 생각했을까. 지붕 달린 구름이라니. 생각하며 저절로 번진 웃음을 얼굴에 잔뜩 머금었을지도 모른다. 그런데 물탱크라는 걸 안 지금, 왜인지 나는 무겁고 둔탁한 물웅덩이를 머리에 인 것 같은 느낌에 짓눌렸다. 나의 밤하늘이 차갑고 무거운 양동이로 바뀌어서 언제든 넘어져 깨질 것만 같았다. 그동안 내가 알고 있던 물에 대한 모든 신비와 경외감, 수면의 반짝임과 무지개의 입자들, 저 구름과 비에 대한 모든 감상들이 레미콘처럼 빙빙 회전하며 현기증을 일으켰다. 그것은 콘크리트 속 캄캄한 어둠과 버무려져서는 오직 아래로 쏟아지기 위해 고여 있는 밤의 질감 같은 것이었다. 인간의 집으로 조금씩 흘러내리고 있는 차갑고 검고 출렁이는 슬픔 같은 것이었다.

울창한 맹목

●

　사랑을 잃은 사람의 몸속에는 미래가 먼저 도착해 있다. 소행성이 부딪친 자리가 들판 어딘가 깊은 웅덩이로 패어 있는 곳. 시간의 사막이 제 모래를 비스듬히 햇살로 흘리며 과거를 침묵 속에 재우는 곳. 그러나 인간의 언어가 모두 타버린 다음에도 출렁이는 바다가 있다면 그것은 사랑일 것이다.

　생각해보자. 먼 숲이나 바다에 공룡이 살고 있어서 여태 우리에게 위협을 가한다면, 주말마다 공룡의 발자국을 찾아나서고 그들의 뼈를 일으키기 위해 박물관을 짓고 집집마다 실리콘으로 만든 모형을 두고 아이들이 그 이름을 달달 외웠을까. 비록 멸망하지 않았으나 사랑은 그 지긋지긋한 관계가 끝나버린 후에야 비로소 제 실체를 드러낸다는 점에서 공룡과 닮은 데가 있다.

저기 먼 곳에서 온전히 그리움의 대상이 되어버린 것. 어쩌면 산 채로 미라가 되었거나 죽은 채로 미래가 되어버린 것. 기억조차 영원히 지속되는 추모의 절차로 삼으면서, 곳곳에서 환기되고 떠들어지며 상상되는 무언가. 우리가 살아내지 못한 시간, 그래서 존재하지 않는 순간에 대한 영원한 헌사 같은 것으로서 사랑 말이다.

사랑이 늘 자신을 환상의 자리로 옮겨놓는 이유도 그것이겠지. 그러나 누군가 사랑을 말한다면, 그 순간만큼은 사랑이 그의 삶이라고 나는 믿는다. 이 믿음은 맹목에 가깝다. 내 존재를 지키기 위한 울창한 맹목. 우리는 사랑 때문에 태어났을 테니까. 따지고 보면 우리의 존재 이유는 그 믿음밖에 없을 것이다. 그리고 사랑 때문에 태어났다는 말은 사랑 때문에 죽을 거라는 말과도 같을 것이다.

말하자면, 죽은 다음에도 끝없이 시체 밖으로 걸어나오는 저 사랑에 대해 말하는 것 말고 이 세계에서 인간을 증명할 수 있는 방법은 없다. 만남과 이별이라는, 시작과 끝이 만드는 회전의 거대한 둘레를 하나의 텅 빈 구멍으로 채우고 마는 그 마음에 대해 쓰는 것 말고 어떤 이야기도 인간의 것은 아니다.

사라진 마을

●

　수와는 9년을 사귀었고 그중 4년 동안 같은 주소를 썼다.

　우리의 만남은 운명으로 인식되었다가 차츰 흔해빠진 인연으로 전락하더니 마침내 우연으로 남았다. 다른 대학에 다니는 커플의 친구와 친구로 한자리에서 어울리다 우리는 가까워졌다. 격렬하거나 절절한 이별의 말은 없었지만 우리는 헤어졌다. 유학을 떠나고 이사를 하는 것으로, 우리는 그것을 받아들였다.

　그 시간 동안 우리는 많은 곳을 다녔다. 서툴렀던 첫 여행 이후 우리는 둘 다 역마살이 있다는 걸 알았고 지금은 전 직장이 된 벤처기업에 취직하자마자 나는 차부터 장만했다.

　미리 목적지를 정해놓고 떠난 일정이 아니었다.

바다를 볼 수 있으면 좋고, 가능한 대로 해변을 끼고 오래 돌 수 있으면 더 좋겠다고 생각했다. 길눈이 밝을뿐더러, 길 찾기 기능이 탑재된 지도 애플리케이션을 개발하는 게 내 직업이었으니 따로 걱정할 일은 없었다. 당연히 차를 살 때 네비게이션 옵션은 넣지 않았다.

나는 크기에 비해 짐을 많이 실을 수 있다는 작고 하얀 SUV를 도로변에 세워놓고 다운로드 상위권을 기록중인 애플리케이션을 보고 있었다.

방금 작지도, 그렇다고 크지도 않은 어촌 마을을 지나왔다.

우체국이나 면사무소 같은, 아니면 마을회관 같은 공용 건물이 보이면 화장실을 빌려 쓸 생각으로 마을을 배회했지만 바다를 막아선 제방에 생선을 말리는 대나무 장대를 길게 이은 모습만 고장난 테이프처럼 눈앞에 되풀이되어 나타났던 마을. 여름이긴 했지만 관광지로 찾기엔 외진데다 항이랄 것도 해변이랄 것도 없는 마을이어서, 좁은 포장길을 따라 갯내가 오래된 제사음식 냄새처럼 일렁거릴 뿐이었다. 생수 한 통을 사는 성의를 보이며 여닫이문 안에서 상반신을 내민 노파에게 화장실을 물었고, 노파는 잠시도 참기 힘들 만큼 어둡고 냄새나는 변소를 쉰 목소리에 손짓을 섞어 일러주었다.

●

이제 어디로 갈 거야?

수의 물음에 바로 답하지 못했다. 어디로 갈 건지를 알려면 어디에 있는지를 알아야 할 텐데, 어디쯤인지 가늠할 수가 없었다. 세모난 화살표가 우리가 있는 위치를 지시했지만, 아무리 휴대전화 화면을 이리저리 움직여봐도 방금 지나온 마을을 찾을 수 없었다.

생수를 따서 한 모금 들이켰지만 아스팔트에 데워진 물웅덩이를 삼키는 것 같았다.

방금 지나온 마을 이름이 뭔지 알아?

마을? 하고 잠깐 갸우뚱거리는 듯했지만 대수롭지 않은 듯 수는 스피커에서 나오는 음악에 맞춰 고개를 가볍게 끄덕거리며 넌지시 지도를 넘겨다볼 뿐이었다.

업데이트된 애플리케이션에는 논밭 사이 작은 농로와 농막으로 지은 듯한 외딴 건물까지 다 표시되어 있었다. 내가 다니는 회사의 좋은 점이라면 애플리케이션을 만드는 회사답게 복지비 항목에 새롭게 출시되는 휴대전화 구입비가 포함되어 있다는 거였다.

애플리케이션 지도가 유독 하나의 마을만 지워버릴 리 없었다. 스무 개 이상의 인공위성을 서로 교차시켜 건물과 도로를 표시하는데, 인공위성이 파업이라도 하듯 단체로 오류를 일으킬 리도 없었다. 간혹 국가 방위를 이유로 상세 지도를 볼 수 없게 막아놓은 지역이 있지만, 그곳은 우리가 뻔히 아는 데였다.

여기가 어딘지 모르겠어.

순식간에 좌표를 잃어버린 것이다. 그동안 알은체라도 하듯 수에게 가는 곳마다 여기가 어디쯤이고 어디로 향하고 있다는 것을 일러주었다. 딱히 볼일이 급해서도 아니었는데, 웬일인지 방금 지나온 마을만큼은 처음 들어가면서도 그곳이 어디고 지명은 무엇인지 눈여겨볼 생각을 하지 않았다.

우리 좀 전에 들른 작은 어촌 마을이 어디였지?

무슨 소리야, 갑자기!

나는 낯선 세계 속으로 뚝 떨어진 듯한 느낌이 들었다.

무슨 소리냐는 수의 핀잔이 그 마을에서 화장실까지 들러놓고는 왜 딴소리냐는 뜻인지, 들른 마을이 없는데 무슨 소리냐는 뜻인지조차 종잡을 수 없을 만큼 어디가 어딘지 알 수 없는 혼돈 속에 빠져들었다.

지도와 지상이 나를 두고 진실 게임을 하고 있는 것일까. 나는 왔던 길을 되돌아가 그 마을을 다시 확인해야겠다고 생각했다. 그때 수가 나를 다그쳤다.

왜 그래? 화장실 급하다며!

●

조용해서 참 좋다. 그치?

생수를 산 가게 앞 평상에 앉아 나는 대개의 여행지가 주는 '깔끔'이나 '상쾌' 같은 이미지와는 전혀 어울리지 않는 눈앞의 풍경이 괜히 민망해서 빈말을 꺼냈다. 다행히 수의 성격은 수더분했다. 모르지 않았으나 고마웠다. 오히려 건어물 위에 윙윙거리는 파리떼까지도 정감 있다고 말했다. 그리고 뭔가 상해가는 냄새가 주는 포근함이 있다고 말했다.

조금 이상한 말이라고 생각했던 것 같다. 상해가는 냄새가 주는 포근함이라니. 대나무 장대 끝에 막 바다에서 피어오른 듯한 구름이 쿡 찔려 있었다. 목덜미를 타고 흐르는 땀을 훔치며 흰 지느러미 같은 구름을 바라보고 있었다.

물고기는 바다를 잃어버리면 썩는다. 이런 비유는 생활과 의지를 다그치는 데 어울린다고 생각했다. 그런데 정말 어떤 시간 속에는 함께 상해간다는 것이 주는 깊이가 있을 것 같았다. 어느 순간엔 함께 사라지고 마는 것이 주는 아득한 평온이 있을 것 같았다. 다만 그것 때문에, 여기서 생선을 말리며 살아도 좋겠다는 생각이 들었다. 달달거리며 돌아가는 선풍기를 틀어놓고 미닫이문 안쪽에서 거스름돈을 내주며 생수를 팔아도 좋겠다는 생각이 들었다. 구름은 마치 바다를 떠난 고래의 영혼 같았다. 그리고 파도 소리만 남기고 어두워지는 제방 너머로 희미하게 멀어지는 내 뒷모습이 보였다. 갑자기 나는 목이 메었다.

작
가
의

말

꼭꼭 숨어 있다가 살금살금 다가가 술래의 등을 때리던 내가 처음으로 술래가 되었는데 아무리 찾아다녀도 아무도 보이지 않고 기어이 저녁이 와 어슴푸레한 빛 속에 쪼그려앉았을 때, 나는 이미 울고 있었다. 친구들이 백열등 아래서 밥을 먹을 시간이었다. 밥을 먹는 아이들이 둥글어질 시간이었다. 집집마다 불을 켜서 타버린 어둠이 그 재를 공터로 흘려보내고 있었다. 어둠의 사체들이 공터를 물속으로 만들고 있었다. 손을 내밀면 공기가 찰방거렸다. 물속의 물방울처럼, 이제 눈물은 흐르는 게 아니라 일렁이며 눈 밖으로 굴러가고 있었다. 수십수백 개 눈물방울이 공터 가득 떠다니다 문득 검은 눈망울로 나를 돌아보았다. 그때, 지붕 너머에서 불기둥이 솟구쳐올랐다. 캄캄한 하늘 한쪽을 환하게 들어올리고 있었다. 활활 타는 어둠 속에서 아이들이 둘러앉아 밥을 먹고 있었다. 나는 그게 꿈인지 생신지 아니면 죽음 속인지 도무지 알 수 없었다.

거짓을 말하기 위해서는 진실이 필요하다. 진실을 말하기 위해서는 거짓이 필요하다. 어둠을 말하기 위해 빛을 말해야 하는 것처럼, 실재를 말하기 위해 필요한 허구도 있을 것이다. 나에게 '재'는 그 사이 투명하게 펼쳐진 수평선 같은 것이다. 빛과 어둠이거나 삶과 죽음, 번지거나 갈라지는 마음의 어쩔 수 없음과 어쩌지 못함, 그 빛깔이자 흔적이며 마지막으로 바스라지는 서로의 이유들 말이다. 그래서 시의 마음을 담보로 소설의 몸을 빌렸지만 시도 소설도 되지 못하는 이야기. 이렇게 쓰일 수밖에 없는 순간도 있을 것이다.

그것을 격려해준 벗, 민정에게 가을 평상과 뭇국 끓는 오후를 주고 싶다. 그의 응원이 없었다면 내 몸의 폐가에 잠든 그들을 깨우지 못했을 것이다. 그 평상 옆에 오후의 모닥불이 허락된다면, 난다의 원경 성원 님 그리고 필균과 혜진 님을 앉히고 가을의 남은 잎들을 하나씩 그들의 눈빛으로 태우며 감사의 마음을 그 온기로 전하고 싶다. 그러나, 그들이 되어준 숱한 순간에게는 인사하지 않을 것이다. 살아 있는 한 그 인사를 끝낼 수 없다는 것을 안다. 다만 이제 내 집이 있는 도시에서 함께 시를 쓰는 친구들, 그들은 내가 가르치는 줄 알고 있지만 사실은 그들에게 내가 더 많이 배운다는 고백을 해야 할 것 같다. 내가 작은 요령을 말할 때 그들은 시의 어두운 기원과 차라리 숙명인 절망을, 내가 잃어버린 그 모든 이유를 레고 조각처럼 하나씩 찾아주었다. 그 조각의 색깔들 때문에 내 밤이 온통 환하다는 것도. 지금은 가을이니까 겨울까지만, 겨울이 오면 또 봄까지만, 다시 여름까지만 그렇게 살아보자고, 이 문장에 도착한 모두에게 말하고 싶다.

우리는 모두 과거를 완성하기 위해 살고 있지만 어느 미래에 모든 과거는 망각이라는 알리바이를 가질 것이다. 호숫가에서 서서히 걷히는 어둠을 보았을 때, 죽은 물고기를 깨워 물 밖으로 날려보내며 아침이 온다는 것을 알게 되었다. 산 새들을 키우기 위해서 죽은 물고기를 완성하는 것. 삶을 삶 이전으로 돌려놓는 죽음에 이르러서도 뒤를 돌아보며, 마음의 부스러기들을 쪼아먹는 참새 부리의 아픔이 인생이라고 믿는다. 이 이야기는 그렇게 시작되었다. 하지만 이제 끝내야 한다. 말을 끝내기 위해서는 혀를 끝내야 하고 혀를 끝내기 위해서는 목을 끝내야 하고 목을 끝내기 위해서는 간장과 위장과 허파, 내 속의 장기들을 모두 끝내야 한다. 그 끝남의 오랜 과정을 사랑이라고 부르는 게 아닐까. 처음 울음소리를 작곡한 사람에게 보내줄 가사를 쓰기 위해 젊음은 매 순간 죽음을 바친다. 그 노래를 완성하기 전까지 어떤 사랑도 끝나지 않는다.

2021년 11월

신용목

재

ⓒ 신용목 2021

초판 1쇄 발행 2021년 11월 20일
초판 2쇄 발행 2021년 12월 31일

지은이 신용목
펴낸이 김민정
책임편집 송원경 **편집** 유성원 김필균 김동휘
디자인 한혜진
마케팅 정민호 김도윤
홍보 김희숙 함유지 이소정 이미희
제작 강신은 김동욱 임현식
제작처 더블비(인쇄) 경일제책(제본)
펴낸곳 (주)난다
출판등록 2016년 8월 25일 제406-2016-000108호
주소 10881 경기도 파주시 회동길 210
전자우편 nandatoogo@gmail.com **트위터** @blackinana **인스타그램** @nandaisart
문의전화 031-955-8853(편집) 031-955-2696(마케팅) 031-955-8855(팩스)

ISBN 979-11-91859-11-9   03810